倉垣弘志

薬物売人

GS
幻冬舎新書
620

プロローグ 予感

二〇一〇年十月十日、俺は逮捕された。

大阪の阪急豊中駅近くのビルに入ろうとしたところを六、七名の刑事に囲まれ、身柄を確保された。ビルには、俺が始めようとしていたダンススタジオが入っていて、まずその中をガサ入れするための令状を目の前にかざされ、何で我々がここに来たか分かるか？と質問された。

だいたい予想はついていた。なぜなら田代が一ヶ月ほど前にパクられたからだ。

そう、俺はあの田代まさしにシャブ（覚醒剤の隠語）、コカイン、大麻を売り捌いた売人だ。

逮捕状を目の前に突きつけられて、腰縄・手錠で連行され、ワゴン車の後部座席に頭から押し込められた。車は新大阪駅に向かって走りだす。ガサ入れ中、一人の刑事がしきりに電話をしていた内容で、新大阪駅から新幹線で新横浜駅まで行くことが分かっていたが、新幹線で護送されるのかと少し驚いた。車内は静かで誰も話しかけてこなかった。地元の道や景色が普段とはまるで違って見え、どこか知らない街を走っているような感じがした。それがなんだか気持ち悪かったので、首をかがめて正面のフロントガラスに時々見える空だけをじっと眺めていた。

異変に気づいたのは二週間ほど前だった。ビルの前の有料駐車場に、作業着を着た二人組の男たちが乗った車がずっと止まっている。食べ物の買い出しや銀行の用事にいつも付いて来る、ラフなカーキ色のカーゴパンツにTシャツ、その上に釣り人が着るようなベストを着た男。ビル周辺のゴミを漁る汚れた男。夜に細く開けた窓から外を窺うと、豊中駅と向かいのビルとの連絡橋からこちらをじっと見ている眼つきの悪いスーツ姿の男。俺が敏感に周りを気にしていたせいか、すぐに刑事だと推測できた。田代がパクられて半月ほどが経過している。彼がランナウェイを声高らかに歌いまくれば、そろそろお迎えが来る頃だろう。

翌日、試しにビルから外に出て、駅前にある銀行に行き、金を引き出した。それから銀行の外に出て、ビルに戻らず裏路地に入ってみた。さりげなく後ろを振り返ると、案の定、例のカーゴパンツにベストの男が付いて来ている。間抜けなことに、そいつは俺が振り返るとスッと立ち止まり、上の方を何を探すでもなく眺めている。バレバレやないかいっ！

スーパーに入った。まだ確定ではない。俺の勘ぐりかもしれないという思いもあったので、食べ物を探しながら周りを確認する。するとその間抜けは、子供のおやつコーナーの前に立って、こっちをチラッと見てサッとしゃがみこみ、おやつを選んでいるではないか。怪しすぎるし、おかしいやろ！　確定やな。刑事確定。俺は弁当とビール、お茶を買ってビルに戻った。

さてと、どないしょ？　すぐに踏み込んできて、いきなりパクるってことはないやろっ、という自信があった。俺の行動を確認して怪しい場所に出入りしていないか、怪しい物を持って怪しい奴に会って取引していないか、いわゆる泳がせている時間があるはずだと。俺の身体の中には、昨夜キメたシャブがまだ駆けずり回っている。田代がパクられたにもかかわらず、自分の血管を的にダーツゲームを楽しんだのだ。だが、もう遊びは終わりや。早急に身体からシャブを抜かないといけない。今パクられるとアウトだ。身の回りには使用済みの注射器数本、ハッパ（大麻の隠語。マリファナとも呼ぶ）が10グラムぐらいあった。注射器とハッパを処分しても、身体のシャブは処分できない。一週間から十日ほどかけ、身体から抜けるのを待つしかない。ただ、これはシャブの効き目で、一般人が刑事に見えているだけではないのか？　田代の一件で敏感になりすぎて、そう見えているだけではないのか？　田代が本当に俺のことを歌っているのか？　歌ったとしてもこんなに早く来るのか？　そんな思いも浮かぶが、いやいや、あれは間違いなく刑事や！

ビルの三階のスタジオの窓は、換気のため細く開けてある。覗くように外を窺うと、張り込みがバレたと刑事たちに悟られると思い、思い切って窓を全開にし、ベランダに出てタバコに火をつけ、ゆっくりビールを飲みながら周りを確かめてみた。できるだけ自然に、時間をかけて確認の動作をする。シャブの効き目丸出しの、キョロキョロと挙動不審な行動をとると、刑事たちからあいつ何しとんねんと思われるだろうし、張り込みに気づいたと思われてしまう。俺は逃げるつもりでいた。刑事たちに張り込みがバレたから即確保という選択をしてほしくはなかった。

いち、にー、さん、しー、ごー、街は時間と共に流れている。人々も流れているが、そこに流されず停滞し、明らかに澱んでいる者が、ろーく、しーち、疑いの目をチラチラと、こちらに向けている。これは、まちがいないっ！　被害妄想でも勘ぐりでもない！　絶対刑事や！

　ベランダのパイプ椅子に座り十分ほどかけてビールをチビチビと飲み、二本のタバコを灰にした後、窓を少し開けた状態にしてスタジオの中に入った。正面は全面鏡張りで俺の全身はもちろん、窓の開いた隙間から外も見える。その隙間がやたらと気になりだし、全部の窓を閉め切った。でかい鏡に映る俺は、いつもより頼りなく、そして薄く映っているように見えた。

薬物売人／目次

DTP　美創

第一章 逃走

身体からシャブを抜く

シャブが抜けるまでどこへ行くか

身の回りの整理から始めた。やばいものを処分しなければいけない。そこらへんに転がっている空き缶を集め、使用済みの注射器を空き缶の飲み口から中へ、ストンと落とす。空き缶一本に注射器一本。その空き缶を手で押し潰すと中にある注射器は出てこないし、振ってもカラカラと音をたてたりしない。シャブが入っていたパケ（薬物を入れる小袋）も空き缶の中に詰め込んだ。そんな空き缶五本をコンビニのレジ袋に入れて、他にやばい物がないかスタジオ内を探しまわった。ちっさな電子測り器、パケにパンパンに詰まった10グラムほどのハッパ、測りはレジ袋に入れてハッパはジーンズのポケットにねじ込んだ。財布をケツポケットに入れ、携帯電話を手に取り、仲間のソバに電話をかけた。

「もしもし、何してんねん」

「なんもしてへんけど、どないしたん」

「こっちこーへんか、豊中のスタジオ」

「そうなん、ひまやし行くわ」

こいつが暇なのは分かっていた。柔道整復師になるための勉強中で、日中は意外と家にいる生活をしていた。歳は俺の三つ下だが、対等に付き合える面白い奴だ。

「車で来いや、下ついたら電話ちょーだい」

江坂から車で三十分、ソバが来るまでにポケットのハッパを取り出し、細かくほぐしてペーパーできれいに巻いて火をつけた。そして小さくエリカ・バドゥのCDをかけ、これからについて考えた。シャブが抜けるまでの一週間から十日ほど、どこに行こうか？ いや、このままずっとどこか知らない場所に行って逃げ続けるか？ 身分を隠して偽って生活をするか？ どこかで働けるか？ このスタジオはどうするんや？ いろいろな思いが頭の中を駆け巡るが、ハッパが効いてきたせいかそんな思いたちは音楽に乗せてどこかへ飛んでいってしまった。気がつけばリズムに合わせてステップを踏み、ガランとしたスタジオで踊りまわっていた。

ダンスに出会ったのは十七歳の頃だった。十五歳ぐらいから改造した４００㏄の単車を乗り回し、集団で暴走行為を繰り返して最終的には芋づる式で検挙された。大阪府内北摂地域の四つの警察署から呼び出しをくらい、たらい回しに通わされ調書を取られた後の頃だった。もう暴走族は卒業や！ 働いて金稼ご！

実家から阪急電車に乗って四十分ほどで着く梅田のカラオケバーに飛び込みで入り、アルバイトをさせてくれるようお願いした。簡単な履歴書を提出したら、すぐに働かせてくれた。

DJブースがあって、四人掛けテーブルが二十席ぐらいあって、各テーブルごとにカラオケが回ってきて、DJの紹介で前のちょっとした小上がりの舞台に立たされて熱唱するシステムの店だった。カラオケの合間には、照明が落ちてミラーボールが回る、ディスコタイムもあった。料金は二時間飲み放題歌い放題で2500円。簡単なオードブルバイキングもある。そんな店で俺はヘタクソなカラオケの歌声の合間に始まる、ディスコタイムにハマりはじめた。

三十分後、電話の着信音に我に返って電話に出ると、ソバがビルの下に着いたと言う。さっき吸ったハッパのおかげでだいぶ気持ちは落ち着き、リラックスしている。二日間シャブを放り込んで寝ていないにもかかわらず、頭の中はスッキリとしていて、これから始まる旅に少しワクワクしだしていた。こういうある意味前向きな考えは、俺がハッパをキメた時の特徴で、いつも良いひらめきやメッセージが、天から降りそそいでくる。ここはそれに忠実に行動しよう。

「神様、お守りください」

俺はハッパの詰まったパケにキスをし、ポケットにねじ込んだ。注射器の入った空き缶五本と、電子測り器の入ったレジ袋を提げ、スタジオの戸締まりをして勢いよく階段を下りて行った。ビルの前に止められた車の助手席にサッと乗り込み、ソバの運転する車が走りだすと、俺たちはいつも通りの挨拶をして会話を交わし始めた。張り込みの刑事たちのことが気になったが、キョロキョロと周りを気にせず車の進行方向だけを見つめるように心がけた。

車は豊中駅前を左に曲がり、石橋方面に向かって線路沿いを走りだす。すると対向車線からパトカーが走ってきた。

「そこのマクド、ドライブスルーしよ」

たまたま通ったパトカーだと思うが、気持ち悪いし少しタイミングをずらすことにした。

「ほんで、どこいくん？」

ソバがコーラにストローをさしながら聞いてきた。ソバは、まだ何も知らない。今の俺の置かれている状況を今説明するべきか、ハンバーガーを頬張りながら考えた。車が走りだすと線路沿いの来た道を戻って、豊中駅前を左に曲がり箕面(みのお)方面に抜けるバス道路に入った。平日の午後なのでそんなに交通量は多くない。

「ソバくん」

「えっ」

「俺やばいかもしれへん」

「えっ何が？」

「田代まさしパクられたやろ」

「はぁ」

「あれ、俺やん」

「ん？　何それ」

「俺のネタやねん、たぶん」

「え～っ、うそっ何それっ、どういうことなん？」

「だから、シャブもコーク（コカインの隠語）もハッパも俺が売り捌いたやつやねん。たぶん」

ソバは鼻からコーラを吹き出すほど驚いた。

田代は横浜赤レンガ倉庫近くの駐車場で、女と同乗している車の中にいるところを、A

PEC国際会議中の横浜を特別警戒している警官から職質を受け、田代と女の所持品の中から覚醒剤とコカインが見つかり、現行犯逮捕された。その後、部屋からは大麻約50グラム、覚醒剤10グラム、コカイン8グラムが見つかった。田代が俺以外からも薬物を入手していれば、刑事たちは俺の他にも捜査対象者がいて、探しているかもしれない。しかし所持していた薬物や、部屋から出てきた薬物の量から予想すると、俺が最近売り捌いた量にピッタリあてはまる。

「どうすんの、やばいやん」

さっきまでのにやけた表情から一変して、ソバは茹でる前のそば乾麺のように硬い表情をして言った。

「とりあえず、スタジオには戻られへん」

「な、なんで?」

「刑事、いっぱい張り込んどるがな」

「まっ、まじでっ」

ソバは背筋を伸ばしてバックミラー、サイドミラーを何度も確認した。

豊中から箕面に抜けるバス通りの途中に、仲間の部屋がある。そこは二日前にスタジオの宣伝用フライヤーのデザインをした場所で、酒を持ち込みグダグダ夜を過ごした部屋だ。

そのマンションが近づいてきた。少し様子を見るためマンションの敷地内に車を入れた。

「ソバくん、あわてず駐車場くるっと回って出よか」

「えっ、出んの？」

マンションの二階の通路に、耳に手をあてながら歩いているおっさんがいた。よく見ると、耳からは線が垂れている。通路を仲間の部屋がある方向に歩いていたが、くるっと反転して引き返していく。

「刑事やぞあれ、ここもアカンわ」

「うそやろ」

「見てみ、イヤホンしとるがな」

「ほんまや」

「無線や無線」

「野球中継でも聞いてるんちゃうん」

「ソバくん、アホか、誰がマンションの通路を行ったり来たりしながら、耳にイヤホン付けて野球中継聞くんや、おかしいやろ」

俺たちの乗る車は、ゆっくりとマンションの駐車場を出て、国道一七一号線に向かって走りだした。もうこの車はマークされているし、俺たちの行動も刑事たちは把握しているだろう。付かず離れずの距離で尾行も行われているはずだ。国道一七一号線、牧落（まきおち）交差点を茨木（いばらき）方面に右折し、新御堂筋（しんみどうすじ）を越え左手にあるコンビニの駐車場に車を入れた。コンビニ店内で商品を探すふりをして、外の駐車場に停まっている車の車種や特徴を覚えていく。タバコや飲み物を適当に買って車に乗り込んだ。

ソバは黙って車を運転しながらバックミラー、サイドミラーで後方の車を確認している。箕面市内をクルクルと回り、コンビニで見た車や同じ車が付いてきていないか慎重に何度も確認し、時間をかけて箕面ドライブウェイへと入っていった。

「ソバくん、山越えで京都まで出てくれへんか」

「行けるけど、そっからどうするん」

「北九州の和尚んとこ行くわ、新幹線で。和尚にトンチでどうにかしてもらうわ」

「笑えんわ」と言いつつ、ソバは久しぶりに少し笑顔を見せた。

俺たちはゆっくりと山道をドライブした。ところどころ木々の合間から見える夜景は絶景で、大阪市内が一望できる。しばしのお別れになる街の夜景を見ていると、いろんな思い出が頭に浮かんでくる。俺はポケットを探り、ハッパを取り出して丁寧にジョイント（大麻を紙で巻いたもの）を作って火をつけた。

ポケットの中には御守りのハッパと、箕面のコンビニで電源を切ったままの携帯電話、財布の中には10万ちょっとの金、これも箕面のコンビニで下ろしたものだ。電話やキャッシュカードは、足がつくのでこれからは使わないつもりでいた。足下には例のレジ袋がある。コンビニで捨てようかと迷ったがやめておいた。もし刑事がスタジオから持ち出した物を処分するところを目撃したら、必ず中を確認するはずだ。それがたとえゴミ箱の中でも。シャブがまだ効いているせいか、俺は必要以上に慎重だった。

「自販機あったら止まってや、口の中パスパスや」

山道の途中に自販機だけが二台置かれていて、車が三台ぐらい停められる小さなパーキングがあった。そこでレジ袋を手に取り、車を降りた。もうかれこれ一時間ぐらい山道を走ってきたが、尾行の気配はない。

まず、レジ袋の中にある小さい電子測り器を森の中遠くに投げ込んだ。そして注射器が入った潰れた缶を自販機横のゴミ箱に捨てた。自販機でコーヒーを二つ買い、車に戻るとソバは黙って運転を再開した。

「何捨てたん？」しばらくしてソバが聞いてきた。

「ゴミやゴミ、人生に必要ないゴミや」

「ポケットの中のんはゴミちゃうの？」

「ソバくんバチ当たるで、これは御守りやん」

「どうしょーもないなぁ、ほんま」

ソバはカーステのボリュームを少し上げて、車の運転に集中した。俺はリクライニングシートを少し倒し、フロントガラスから見える景色を眺めながら、これからのことについて考えた。

京都から新幹線で北九州・小倉まで二時間半かかる。今は夜の七時過ぎ。八時台の新幹線にうまく乗ることが出来れば、十時三十分から十一時三十分の間に小倉駅に着く。そこから歩いて十五分、遅い時間になるけれど和尚は起きているだろうか。いや確実に寝ているはずだ。寺の朝は早く、いつも夜九時頃には寝て朝六時前には起床している。たとえ酒を飲んで寝るのが遅くなっても、外が明るみだすと起床する。和尚は今そんな毎日を送っている。酒を飲んでいれば起きている可能性は高いが、その時間だとまず呼び鈴を鳴らしても出てこないだろう。寺のすぐ近くは繁華街で、夜も更ければ酒に酔った輩が多く、朝一番に寺の周りの掃除をしていると、敷地内に転がって寝ている酔っ払いを見つけることがあると言っていたのを思い出した。最悪その酔っ払いと同じように転がって寝ていれば、朝には和尚が必ず起こしてくれるだろう。

携帯電話の電源を入れれば今すぐ電話をすることができるのだが、念のため、それは避けた。のりピー（酒井法子）が一年前に逃走劇を繰り広げた際、携帯電話のGPS機能で追跡されたことを思い出したからだ。一度電源を切った携帯電話の電源を再び入れると、電源が入れられた場所が特定され、位置情報が確認できるという。逃走犯にはとても迷惑な機能だ。とりあえず小倉の寺に籠り、充分に休養してシャブを身体から抜く。そして綺麗な身心で、これからのことを考える。今の俺に決められることはそれだけだった。そうと決まればまた少し気持ちが楽になった。

「ソバ、ここでええわ」

「駅前まで行けるで」

「念のためや」

まさかとは思うが、刑事が張り込んでいるかもしれない。

「俺から和尚さんに電話いれとこか」

「ええ、ええ、それも念のためやめとこ」

京都駅に着くと土産物屋に入り、商品を探すふりをして周りを窺った。怪しい奴がこっちを見ていないか、駅に入ってから付いて来る者はいないか、棚に並んでいる本を手に取ったりしながら時間をかけて確認した。そのうち一番怪しいのは俺だと気付き、あわてて土産の八つ橋の詰め合わせを買って、みどりの窓口へと向かった。十分後に発車する、のぞみ博多行き自由席のチケットを取り、ホームへと歩く。この時も周りに気を配りながら挙動不審に見られないように心がけて歩いた。刑事らしき姿は見当たらない。ホームのベンチに一度座り、再度周りを確かめた。さっきみどりの窓口で見かけたサラリーマン風の男が近くにいたので、さりげなく立ち上がり、停車しているのぞみ博多行きに乗り込んで、車両一つ分歩いて次の車両の一番後ろの自由席に座った。ここからだと車両全体の客が見えるし動きが分かる。さっきの男はやってこなかった。俺は安堵の溜息を吐き出し目をつむった。和尚に出会った時のことを思い出す。一九八〇年代が幕を閉じる頃。ディスコからクラブに移り変わっていく時代の、大阪ミナミでのことだった。和尚と知り合って二十年がたった今、こんな形で和尚のところに向かうことになるとは当時の俺は考えも思いつきもしなかった。

頼れるのは小倉の寺だ

車内アナウンスが、間もなく小倉駅に到着すると告げている。ホームに入り停車すると、パラパラとしかいない乗客が降りて行く。その一番最後に小倉駅のホームに降り立った。ホームはガランとしていて人はあまりいない。念のため、周りの人を警戒しながらゆっくりと改札口を抜けて歩く。駅前の大通りから、商店街に入ると、深夜営業をしている居酒屋がところどころ灯りをともしている。俺は、尾行されているかもしれないという思いがわずかにでもあるうちは安心して和尚の寺に行ってはいけないと考え、商店街をうろつき、完全に尾行者はいないと確信するまで歩き続けた。

小倉城がライトアップされ、綺麗な一枚の絵のように夜の暗闇に飾られている。小倉城の横のすでに営業を終えたショッピングモールのベンチに座り、久しぶりにタバコに火をつけた。……うまい。逃亡者が尾行者はいないと確信して吸ったタバコは、とても美味しく、血管を通って身体の隅々までニコチンが行き渡るのが感じられた。あまりうろちょろしていると警察官から職質を受ける可能性がある。それは避けたいのでタバコを揉み消し、寺へと向かって歩きだした。

和尚は二年前に結婚し、和尚の生まれ育った実家の寺に和尚と和尚の父親と和尚の嫁の三人で暮らしている。幸せな生活を送っているはずだ。そんなところにこんな俺が行ってもいいのだろうか、と少しためらうが、今更どこにも行くところはない。まさに駆け込み寺状態なのだ。それに和尚なら話をちゃんと聞いてくれるだろうし、理解してくれればしばらくの間、空いた部屋を貸してくれるはずだ。寺に入る潜り戸はいつも開いている。俺はそっと戸を開けて体を滑り込ませた。時間は午前零時前になっていた。呼び鈴を鳴らすが何の反応もない。何度も鳴らすと迷惑だし、さすがにこの時間に出てこないだろうと簡単に諦めて、寺の敷地内の周りから見えない駐車場へと移動して、地べたに座りこんだ。十月の夜中の風は涼やかで骨身にしみる。着ているネルシャツの襟を立て、車止めを枕にして横になった。街の中の明るい夜空に星が輝いている。その星を数えているうちに、俺は深い眠りについた。

寒さで目が覚めると、空は少し明るみだしていた。そういえば昨日、スタジオを出た後に寄ったマクドナルドから何も食べていない。俺は周りを窺ってゆっくりと立ち上がり、大きく体を伸ばしてから大通りに出た。車の数は少ないし人の姿も見えない。大通り沿いのコンビニでサンドイッチとホットコーヒーを買い、あまりうろつかず駐車場に戻った。そこは寺の敷地内で、月極めで貸している駐車場から少し離れていて、外からは見えない安全地帯だった。サンドイッチをホットコーヒーで流し込むと、少し体が温まってきた。もっと温まろうとポケットから御守りのハッパを取り出し、いつものように綺麗に巻いて火をつけた。身体の奥深くまで煙を吸い込んで息を止め、神々が全身に行き渡るのを感じながら吐き出した。

大通りの交通量が多くなり、通勤の人々が歩きだす頃、俺は立ち上がって身なりを整え、玄関先の呼び鈴を鳴らした。すぐに和尚の嫁さんが玄関先に現れた。びっくりしている様子の嫁さんに和尚はいるかと尋ねると、今は朝のお務め中だと言う。もし良ければ中で待たせてくれないかとお願いした。部屋に通されて座ると、温かいお茶を出してくれた。一口飲むごとに体が温まり、カチカチに固まっていた色々な想いがゆっくりと溶け出し、安堵感に包まれていく。しばらくすると和尚が作務衣姿で現れた。

「おっ!?　クラっ、どしたん!　いきなりやね」

和尚は驚きの表情に少し笑顔を織り交ぜ、俺の様子を窺っている。

「おはよう和尚、いきなりゴメンやけど、えらいことになってもーて」

俺はこれまでの経緯を話した。

田代が逮捕されたこと。田代が持っていた薬物は、おそらく俺が売り捌いた物であること。豊中のスタジオに刑事が何人も張り付いていたこと。そして、今の俺の身体にはシャブが残っていること。和尚はただ黙って聞いていた。一通り話し終えると、和尚がやっと口を開いた。

「クラ、邪気まわって刑事に見えよったんやないん?」

大阪では被害妄想のことを略して「ひがも」というが、小倉ではそれを「邪気」という。

「いや絶対ちゃう、あれは確実に刑事やった」

シャブをキメると、人にもよるが被害妄想が激しくなったり、物事を勘繰ったりすることが多くなる。原因はシャブをキメ続け、寝ずにいる時間が長くなり、脳が休まらないからだ。酷い幻覚を見て、暴れ回る者もいる。

しかし、俺はキメ続けるようなことはせず、だいたい二日か三日遊べば一度は抜く。ただシャブがキレる頃には、脱力感と無力感と疲労が一気に襲いかかり、精神は不安定になる。そして、やたらとイライラしてくる。その後はひたすら眠り続けるだけだ。被害妄想をしたり勘繰ったりすることはない。

とりあえず、しばらくここに居させてほしいとお願いすると、和尚はすんなりと承諾して、一部屋俺のために用意してくれた。和尚はいつもの和尚で、俺を責めたり説教したりは一切せず、雨風をしのぐ部屋に布団、食事に酒、あったかい風呂などを気前良く用意してくれた。俺はその部屋で死んだように眠り続けた。そして、いろんな夢を見た。二年ほど薬物にどっぷり頭まで浸かり、溺れ、バタバタともがきながら息継ぎをして泳ぎ、なんとか和尚のいる寺に辿り着いた。覚醒剤、ヘロイン、コカイン、MDMA、向精神薬、なんでもこなす水泳選手も、やっとゴールをして倒れこんだ。

こうしてシャブ常習が始まった

二〇〇九年夏、今から一年と少し前。のりピーが逮捕された頃にミタさんから一本の電話がかかってきた。

「クラ、やばいねん、逃げなあかんわ。きれいにしてそっちいこかな」

大阪ミナミの駐車場で、自分の車に乗ってゴソゴソとやっているところを、警察官に窓をコンコンとされ、やばいと思い、駐車場のゲートを車で突き破って逃走したという。

「べつにいいっすけど、部屋狭いっすよ」

すぐに部屋を探すからしばらくの間、泊まらせてほしいという。その頃の俺は、六本木の東京ミッドタウン近くのビルの二階で、バーを経営していた。カウンターだけの小さな店で、いつも扉が閉まっていて店内が見えない。一見さんが入ってくるような店ではないが、いつも常連さんで賑わい、それなりに売上を出して、店のすぐ裏にある六本木七丁目のアパートで暮らしていた。オープンして二年、夜の十時から朝の十時まで営業していた。部屋で寝て、店で一日を過ごすという生活が日曜日の店の休み以外はずっと続くのだが、特に苦痛は感じず、ストレスなども一切なく、むしろ来た客と自由に楽しく酒を飲み、酔い、そして笑い、毎日を過ごしていた。しかし次第に、この生活に少し物足りなさを感じ始めていた。そんな時期に鳴った電話だった。

「まず車処分して、すぐ行くわ」

車種や車のナンバーは控えられているはずだ。そうなればすぐに持ち主に辿り着く。おそらく、名義人であるミタさんの名前は警察に知られているはずだ。

「すぐに盗難届け出したらどうです？」

「アホか、届け出しに行ったらそのまま逮捕されるわ」

「なんでですのん？」と言いつつ、だいたいの予想はついている。おそらくシャブは効いているし、しなもん（薬物全般を指す隠語）も各種揃っていることだろう。

ミタさんは俺の二つ歳上で、めちゃくちゃイケてるブルースマンだ。ギターを弾き、しぶい歌を歌い、ハープを吹く。そして、こよなくドラッグを愛している。

数日後、ミタさんが本当にやってきた。「今、六本木交差点や」電話に出ると、いきなりそう告げられた。店までの道順を説明して電話を切ると、その瞬間から店にいる俺は、なんだかソワソワしだし、屁を立て続けに連発して、あげくの果てにはウンコがしたくなってトイレに飛び込んだ。

「アカン、完全に、湧いてるやん」そう声に出していた。シャブにまつわる話をしている時や、シャブを目の前にした時などに出る症状で、脳が覚えている記憶を呼び覚まし、興奮状態になり、シャブを体が欲しがり、緊張して屁を連発し、ウンコがしたくなるのだ。

トイレから出て、店に鍵をかけて急いで表の通りに出ると、外苑東通りの方からこっちに向かって歩いてくるミタさんの姿が見えた。深くキャップを被り、いつものように速歩きでやってくる。

「クラ、悪いな」

「ぜんぜん大丈夫すけど、ミタさんの顔見たら湧きますわ」

俺たちはビルの二階に上がる階段を上りながら、冗談を言い合い店の中に入った。店内を眺めているミタさんに、「一発キメさせてくださいよ」と、俺は早速お願いして店の鍵を閉めた。

「いきなりやな」

「あるんでしょ？」

「ないわけないやろ」

ミタさんは、小さなショルダーバッグから眼鏡ケースを出して、その中からパケ、注射器、スプーン、コットン、小さなボトル、斜切りストローを出してきた。

「クラ、久々ちゃうん？」

「そうっすよ、こっち来てからご無沙汰ですわ」

三十二歳の時に東京に来て以来、六年シャブをいじっていなかった。ハッパやコカインぐらいは時々吸っていたが。

「それやったら効くやろなー、うらやましいわ」

「たまに抜いたらよろしいやん」

「それができへんから困ってるんや」

ミタさんは手際よくパケを開け、斜切りの小さなストローでシャブをすくい取り、注射器の中へサラサラと入れていく。俺はペットボトルの水を用意した。すると眼鏡ケースからもう一つパケを取り出して、開けようとしている。

「それは、ひょっとして」

パケの中に薄茶色の粉が入っている。

「プーやがな、プー」

ミタさんが真剣な顔をしてストローですくっている。ヘロインのことだ。

「僕、またケツからプー出そうですわ」

「アホか。笑かすな、飛ばしてまうやろっ」

プーっと、吹き出してしまうとヘロインは簡単に飛んでいってしまい、粉なので拾いようがない。

「それ、どないしますの？」

知っているが、あえて聞いてみた。

「シャブと混ぜるんや、スピードボールや」

「ほう、速球ですか」

すくった耳掻き二杯分ぐらいのヘロインを銀色のスプーンに落とすと、目薬サイズの小さな水ボトルから数滴の水を慎重に垂らした。スプーンを手に持ち、下からライターの火で炙ると沸きだす。その瞬間にすばやく火を消して、ちぎって丸めたコットンをその中に入れた。しばらく冷ましてからシャブの詰まった注射器で、コットン越しにヘロインを吸い取っていく。ペットボトルの水を少しだけ吸い上げ、シャブとヘロインが混ざり合っていく。注射器の中の液体は薄茶色に濁り、メモリ15あたりまで入っている。それを一昔前の水銀が入った体温計の温度をさげる時のようにシェイクするとスピードボールというカクテルの出来上がりだ。

「はい、お待ちの患者さんどうぞっ」

ミタさんが医者のような口振りで言うと、俺は左腕を差し出し親指を軽く握った。目は注射器に奪われ他には何も見えない。突然プツリと針が血管に入ってきて、ゆっくりと注射器を少し引く。するとトロンと血が注射器に流れこんできて、液体の中に小さな赤い龍が生まれる。それをゆっくりと押し込んでいく。半分ほど入れるとまた少し引き、血を注射器に注ぐ。そしてまたゆっくりと押していく。いきなりグラっと視界が揺れて少し吐き気が襲ってくる。それを我慢していると心臓が飛び跳ねだして、スピードボールが心臓から全身の血管を駆け巡っていくのが分かる。バーカウンターに座っているはずなのに、ふわふわのソファにドカーンと座り、そのまま温泉に首まで浸かっているような感覚になっていく。とても起き上がれそうにない。しかし首から上の頭だけは、いつの間にか宇宙まで飛んでいってしまった。

これが始まりだった。のりピー事件のニュースで何度も流れる、シャブを炙って吸っている再現VTRに湧かされ、退屈な日々を送っている時に突如として現れたミタさん。目の前にあるのにやめておく、という選択肢はなかった。

ロスとマリファナ

目が醒めると一瞬どこにいるのか分からなかった。

「クラ、ご飯出来ちょーから食べん?」和尚の声が聞こえてきた。

「和尚、おはよう今何時?」

「もう夜の七時になっちょー」

部屋の入り口に立って心配そうにこちらを見ている。朝からずっと死んだように爆睡していたようだ。たくさん夢を見た気がするが、何ひとつ覚えていない。

「ありがとう、和尚」

和尚の嫁さんが作った料理は美味しくて、身体の隅々にまで沁み渡り、生きていることが実感できた。気をつかっているのか、和尚からは一切事件の話をしてこない。その代わりにビールを飲みながら過去の思い出などを語りあった。

「和尚、またロス行きたいな〜」

アメリカ・ロサンゼルス。十九歳の時に俺は初めてロスに行った。初めての海外旅行だった。当時のロスは韓国人が経営する商店で黒人の少女が撃ち殺され、暴動が起きた後だった。韓国人が経営する商店は次々に放火され、商品は強奪されて、戦場の焼け跡のようになっていた。街の中を戦車がゆっくりと走り、その横の歩道を観光客が歩いている。

「うそやろー!」俺は生まれて初めての海外、ロサンゼルスの光景に度肝を抜かれ衝撃を受けた。街を歩いているだけでワクワクしてくる。どの景色を見てもハリウッド映画のワンシーンのように輝いて見えた。

大阪の建設現場で三ヶ月ほど働いて貯めた金は、マリファナを購入するために消えていく。レギュラーで1オンス（28・35グラム）60ドル〜80ドル、当時1ドル140円だったので、8400円〜1万1200円、もっと上質なネタだと150ドル〜200ドル、2万1000円〜2万8000円と高くなる。質の良さなんて必要ない。レギュラーで充分にキマる。当時の大阪では1グラム3000円ぐらいの圧縮された茶色いマリファナが出回っていた。おそらくタイやフィリピン産で、中にはカビが生えていたりシケていたりする物もあった。それに比べれば段違いのフレッシュな香りと味がする。安いし、何よりもよくキマるのだ。

朝起きると、まずマリファナを細かくほぐしてペーパーで巻いてから顔を洗い、歯を磨き、よく冷えたフレッシュジュースをコップに注いでソファーに落ち着くと、綺麗に巻かれたジョイントに火をつける。ロスではこれが一日の始まりだ。

友達の紹介で住まわせてもらっている部屋から二ブロックほど歩くとベニスビーチがある。ビーチ沿いにはショップがたくさん並んでいる。レストランやカフェ、食べ物や飲み物を売る店、服や靴、雑貨や絵などを売っている店もある。砂浜では短パンにランニングシャツという格好で、ジャンベを叩いている人たちが円になって座り、気持ち良さそうにマリファナを吸っている。朝でも人通りはそれなりにあり、時々ローラースケートを履いた金髪の可愛い女の子が通りすぎて行く。大きなラジカセを道端に置いて、音楽をかけてブレイクダンスを踊っている黒人たち。ここは映画の中の世界だった。いろんな人種の人たちが集まり、そしてすれ違って行く。そんな人の流れをベンチに座って、ただボーっと見ているだけで楽しかった。

俺はこの場所が気に入り、このままここで生活していくことは簡単なような気がした。求めすぎず、欲張らず、必要なものだけを最小限手に取り、自然の中で音楽に包まれて自由に生きていく。十九歳の俺は、絶大なカルチャーショックを受けて、何かが吹っ切れた。そして、何かが降りてきた。このままでええんや！　ありのままでええんや！　やりたいことやりまくったらええんや！　俺は、これからも自由に生きていくと強く心に誓った。

「和尚、あれから十五年ぐらい経つな～」

「そうねー、あっちゅうまっちゃ」

「和尚は、寺の和尚」

「そう、そう」

「俺は……売人で犯罪者」

「……」

「和尚、変われば変わるもんやな〜」

「クラ、今からでも変われるっちゃ」

「俺が？　おまけに逃亡者やで」

シャブと東京の日常

東京に出てきたミタさんは、ミッドタウンの下の赤坂に部屋を借りた。そこはもともとビジネスホテルで、各部屋を個人に貸し出して、賃貸マンションのようになっている。ただし、元ビジネスホテルなので、クローゼットや押入れなどはなく、窓のある一部屋とユニットバスがあるだけだった。収納スペースがないため、棚や三段ボックス、電気コンロ、調理用具、食器、下着、その他細々としたものの買い出しを手伝った。

ミタさんは、部屋に着くと早速注射器を出して、パケから取り出したシャブを詰めだした。

「クラ、ありがとう。いっといてや」

「頂きまーす」

どのくらい入っているのか注射器を確認すると、結晶を粉々にしたシャブが、メモリ6あたりまでギッシリと入っている。多い。毎日、歯磨きをするのと同じようにシャブを食っている完全なシャブ中は、いずれこのぐらいの量を入れないと効かなくなってくる。

俺の場合、二、三日遊ぶと一週間ぐらいは抜き、そしてまた湧いてくるとシャブを手に入れる。だいたい二、三日楽しむ分の量しか手にしないようにしている。ただし持っていると我慢ができず、二日抜いたらまた入れる。立て続けに入れると、そのうち起き抜けに一発入れないと何もできなくなってくる。そうなると終わりだ。シャブがなければ日常生活ができなくなる。生きるためにシャブを食い、シャブのために生きていく。俺は、よく分かっていた。地元の先輩の中にはそんな人がいて、シャブで刑務所を出たり入ったりした挙句、シャブを手に入れることさえもできなくなり、医者から与えられた向精神薬の中毒になって廃人のようになっていった。周りから聞く話では、母親に手を引かれて歩いていたという。そんな風にはなりたくない。

だいたいいつもメモリ2か3ぐらいを目安にして入れる。一度入れると眠れなくなるし、食欲もあまり湧かない。例えば夕方に一発入れると、そのまま朝までギンギンに過ごすことができる。そこで飯を食い、ビールを飲み、ハッパなんか吸うと、気持ち良く眠ることもできそうだが、持っているとそうもいかず、朝方にまた入れて遊び回る。三時のおやつの時間にまた入れて、そしてそのまま夜に突入する。うずうずしてくるとまた入れる。だいたい六時間〜八時間経てば入れていく。こんな感じで二、三日過ごすのだ。途中で仮眠を一、二時間もとれば充分だ。二、三日遊ぶと爆睡するだけだ。

「パンパン入ってますやん」

「荷物運んでくれたし、感謝の気持ち詰まってるやろ」と言いながらミタさんは、注射器を手に持ち、どこから入れようか血管を探っている。

「多いから半分ぐらい入れて、置いとこかな」

ペットボトルの水を注射器で吸って、シャブが水に溶けるまでシェイクする。

「たまにたっぷり入れたら効くで〜」

やっと入れることができそうな血管を見つけ、突っついているが、なかなか入らないようだ。

俺は入れ慣れている血管を針でプツリと刺し、ゆっくりと注射器を引いた。いつものように赤い龍が現れ、注射器の中に漂っている。目は赤い龍に集中して瞬きすることを忘れている。そして、ゆっくりと注射器を押してその龍を血管の中に解き放っていく。半分ぐらいで止めて様子を見た。龍が血管の中を暴れまわり全身を駆け巡っていくと、指先が少し震えてきた。もう一度慎重に注射器を引き、血を吸うとそのままゆっくりと押し込んで、残りのシャブを全部ぶちこんだ。

しばらく俺は動けずにいた。目は注射器から離れず、針は止まった時計の針のように九時あたりを指し、血管を刺したままピクリとも動かない。忘れていた呼吸をゆっくりと繰り返し、針を抜いた。頰を何かが伝っていく。爽快で、声も出ない、体も動かない。

「クラ、感動して泣いてんのか」

先に入れ終わったミタさんが話しかけてきて、やっと我に返った。さっき頰を伝ったのは涙だったと気がついた。

この日から、俺はこの部屋に遊びに行くことが多くなった。朝十時に店を閉めて、歩いてミッドタウンを抜けて、赤坂に向かって下ると十分で到着する。元ビジネスホテルということもあってフロントはだだっ広く、部屋数が多いため人の出入りは激しく、水商売系のロシア人女性や、外国人の姿などが時々見える。部屋を個人事務所として使っている人たちもいるようだ。そこら中にカメラが設置されているが、玄関はオートロックではなく、いつも開いているので気軽に出入りできる。エレベーターに乗って五階で降りると、エレベーターフロアは広く、通路もゆったりとした広さがあり、優雅な気持ちになる。ミッドタウンがカーテンのない窓から見える。外の世界では、エリートたちが忙しく働いていることだろう。俺たちは、そんな時間にシャブを打ち込み、記憶に残らない会話を繰り返し、薬の快楽に溺れていった。

そんな日々がしばらく続いたある日、ミタさんからこんな電話があった。

「クラ、なんかおかしいねん」

「頭がでしょ」

「ちゃうわ、大阪や」

「大阪がどうしましたん」

「なんかおかしいんや」

「いつもおかしいでしょ、大阪は」

「ちゃうんや、しなもん届かんし、連絡つかん」

「えっ、ようあることでしょ、そのうち届くんちゃいます」

「それが、だいぶたつんや、今までこんなんない」

「そうなんすか」

「しなもんないから死んでたがな」

「よう生き返りましたね」

「ブロン12錠飲んだ」

「げっ！　まじすかっ、死なんと治りませんね」

「ちょっと大阪の様子見てくる」

「いや、やめとった方がいいんじゃないすか、もしパクられてたら寒いことになりますよ」

「そやけど、大金送ってるし、行かな気がすまん」

「やめときましょ、よそから引いたらよろしいやん」

「そういう問題ちゃうんや。ちょっと行ってくるから預かっといてくれ」

「何をです？」

「便秘薬や、よう屁も出る」

「……分かりました。気ぃつけてくださいよ」

年末の寒い日に、ミタさんは俺にヘロインを預けて大阪へ向かった。そしてパクられた。俺はミタさんが、どこから品物を引いているのか知らないし、いくらで仕入れているかも一切知らなかった。それは知らなくてもいいことだし、知るとトラブルに巻き込まれたり、寒い思いをする確率が上昇していく。それにミタさんは、一切そういうことを口にしなかった。品物をいじる人間は、もしもの時のために、誰にもそういうことを口にしない暗黙のルールがある。その辺をペラペラと喋る奴は信用できない。そんな奴とは一切取引をしない。これに限る。そんな奴とやり取りをしていると、いつかどこかで知らない誰かがパクられて、自分がパクられるということになる。

俺は、ミタさんを信用している。

「俺は裏切らんから裏切んなよ」ミタさんがよく言う言葉を思い出した。お互い裏切ることのない信頼関係は完璧にできている。ミタさんがパクられたのはショックだったたし、残念だったが、俺は安心して六本木で暮らすことができていた。ミタさんがパクられた後は、別の人間が引いている新宿のネタに手を出していった。バイク便ですぐに配達されるシャブは、なかなか良質で文句のつけようがない。だが、そいつがマトリ（麻薬取締官）にマークされていても分からないし、もし運悪くマークされていたら、こっちまでとばっちりを食うことになる。しかし、シャブを欲しがる身体と脳が、我慢という回路をショートさせ、ひと時の快楽を求め暴走する。それは頭の中の、どのスイッチを押しても停止させることはできなかった。

六本木の片隅でハードドラッグを楽しみ、マリファナに癒される

店では、コカイン好きの客がお土産としてワンパケ（ひと袋）を置いていってくれる。それを石のカウンターの上にぶちまけると、小さなコカインの山ができる。クレジットカードでその山を崩して、カードを斜めにして横にサーッと引くと20センチ程の白いラインが完成する。そのラインを何本か引くと、千円札を丸めて筒状にして、鼻の穴に当てる。そして一気に白いラインを鼻から吸い取っていく。左右の鼻に交互に入れていくと、あっという間に頭がブーンとしてきて、床から10センチ程浮いたような感覚になっていく。口も軽やかに回り、体も軽くて動きが良くなる。踊りだすと、気持ちが良くて止まらなくなる。切れ目もシャブほどきつくなく、飯も食えるし寝ることもできた。当時の大阪では手に入

らなかったコカインが、六本木では簡単に手に入り、外国人の手によって流通していた。手に入れた連中は、一晩中踊ったり酒を飲んだりしてハイな気分で夜を過ごすことができる。

ハッパも近所でバーを経営している者から、簡単に手に入った。だいたいグラム3500円で、ねっちょりとしたバッズ（大麻の「花穂」と呼ばれる部分）がパケにいくつも入ったインポート物だ。マリファナ特有の良い香りがする。近くで見ると黄色やオレンジの毛が生えていて、パイプに詰めて燃やして吸うと、甘い果実のような味がする。肺いっぱいに吸いこんだ煙を限界までためて、鼻と口から一気に吐き出すと、一服でキマッた。かかってくる音楽が立体的に膨らみだし、厚みを増して身体全体を包み込んでいく。店のバックカウンターのボトルやグラスが照明の光でキラキラと輝き、気持ちは穏やかになり、自然と笑顔が満ち溢れてくる。とても平和で平穏で、何に対しても正直で優しい気持ちになっていく。それは、まるで自分が神様にでもなったかのような感覚だった。ハッパはいつも俺を助けてくれる。そして応援してくれる。

シャブやヘロインの切れ目は正直しんどい。何もする気が起きず、イライラして気持ちが沈み、鬱状態になっていく。そんな時にハッパを吸うと、気持ちが楽になる。とてもリラックスして落ち着いた気分になり、鬱状態の思考を正しい方向へと向かわせてくれる。食欲が湧き、やる気にさせてくれる。そして背中を押され、前向きな姿勢で生きることを教えてくれる。

こんな風に感じるのは、俺が大麻という草を素直に受け入れ、すべてを感じようとしているからだと思う。ここに、わずかでも疑問や邪念があると、バッドトリップとなり、本来は気持ち良くリラックスするはずが、気持ち悪くなり、落ち着かなくなる。大麻は、不思議な植物だ。自分自身の気の持ちようで、良いようにも悪いようにも作用する。良いように作用すると、それは無限大の愛に満ち溢れ、とても平和な時を過ごし、想像力と創造力が豊かになって競い合い、五感で感じるものすべてに感謝の気持ちが湧いてくる。そして第六感が働きだし、いろんなことに気づかせてくれたり、良い答えが閃いたりする。俺は大麻をドラッグだとは思っていない。シャブ、ヘロイン、コカイン、向精神薬、そしてアルコールは立派な薬物だが、大麻は精製されていない100%ナチュラルな植物だ。大地と水、太陽の光で育った大麻はとても力強く、生命力があり、自然界の神から与えられた植物だ。俺はハードドラッグを楽しみながら、マリファナで癒されるという日常生活を、六本木の片隅で送っていた。

新しい闇ルート

　そんな頃に、トキさんと出会った。だらしなく伸びてきた髪を切ろうと、住む部屋の裏手にある行きつけの散髪屋に行った。マスター一人でやっている店で、予約をしないとなかなか入れないぐらい、毎日ひっきりなしに客が訪れている。マスターのカットはとても丁寧で、特に短髪に定評があり、刈り上げも鋏で仕上げていく。知る人ぞ知る六本木裏通りの名店なのだ。その日は、寝過ごして予約の時間に遅れてしまい、俺のカットが予定より長引いていた。

「いらっしゃいませ、しばらくお待ちください」マスターは忙しく手を動かしながら、予約の時間通りに訪れた客に声をかけた。

「いいよ、いいよ、座って待ってるから」と言った声の方をチラッと窺うと、カッコ良いハットを被った初老の男性と、俺と同年代ぐらいに見える体格の良いスポーツ刈りの兄ちゃんがいた。

「すいません、僕が遅れまして、迷惑かけます」と二人に言って、マスターに、僕のツケでコーヒーを出してあげてくださいとお願いした。

　俺のカットが終わり席を立つと、改めて迷惑かけました、と声をかけた。

「いいですよ、時間はいっぱいあるし大丈夫。おい、これも何かの縁だ、挨拶しておきなさい」

初老の男性が、スポーツ刈りの兄ちゃんに言った。

「コーヒーごちそうさまでした。自分こういう者です。何かあったら声かけてください」

革の高級そうなカードケースから、慣れた手つきで名刺を取り出し、渡された。それは紛れもなく、ヤクザの名刺だった。上質の紙に墨で達筆に書かれている名刺の肩書きには〝組長付秘書〟とあった。すると、この初老の男性は組長なのだろう。俺は店の名刺を渡し、すぐ近くでバーを経営していると伝えた。普段こういう名刺を貰っても、こちらからは名刺を渡さないが、この二人はとても紳士的だったし、見た目にはヤクザとまったく気がつかなかった。それに、少し待たせてしまったという気持ちもあったので、丁寧に対応した。

「今度、伺いますよ。心配しないでください。今の時代、ショバ代なんて言いませんから」と言って笑った。その笑顔は、魚屋の気の良い兄ちゃんといった感じがした。

数日後、店のオープンの用意をすませた頃に、トキさんがやってきた。

「ちょっと近くで義理事があったもんで、寄りました」魚屋の兄ちゃんがヤクザの顔で言った。

「それはどうも、何か飲みますか」

酒は飲まない、と言うのでお茶を出した。俺の知人の頑張っているヤクザも酒を飲まない。それは、いつどこで何があるか分からないという人生を送っているので、酒に酔っている場合ではないし、何よりそんな暇がないのだ。トキさんからも、そんな感じが窺えた。

「本部がすぐそこにありますね。やっぱりこの辺にはよく来るんですか？」

稲川会の本部が、外苑東通り沿いのミッドタウンの前のビルに入っている。よく通り沿いにずらっと高級車が並んで停車され、運転手やボディガードが車の周りに立って、親分の帰りを待っている姿を見かけるが、そこにトキさんがいることを想像しても、なんだかしっくりとこない。だいたいそんなところにいる連中は、見た目からしてヤクザで、いかつい顔をしている。運転手やボディガードは、見た目にもパンチが効いている者が多い。

「そうですね、別の用事で来ることが多いですかね。貧乏暇無しです」

渋谷、六本木、赤坂で用事があることが多いという。

「そうですか。で、ショバ代は、いかほどですか？」

冗談のつもりで言ってみた。

「えーっとですね、Aコース、Bコース、Cコースとありまして、今ならAコースがお得ですよ！」と俺の冗談に乗ってくれた。その後、俺たちは冗談を言い合い爆笑した。

これを機に、トキさんは店に顔を出すようになった。朝十時閉店の店に朝九時頃に来て、お茶を飲んで冗談を言って帰っていく。俺たちは自然に仲良くなっていった。トキさんのことは、俺より少し歳上なので「トキさん」と呼び、トキさんは俺のことを「クラちゃん」と呼ぶようになった。だいぶ親しくなってきた頃、店に顔を出したトキさんに、俺は話を持ちかけた。

「トキさん、しなもん扱ってないんすか？」

おそらく扱っているはずだ。だいたいのヤクザは、組に内緒で凌ぎのために闇のコネクションを利用し、横から横へと品物を流している。

「クラちゃん、しなもんって言ってもいろいろあるよ」

魚屋の兄ちゃんは、商売人の顔をして言った。

「いろいろっすか、今が旬の物ってありますか？」お互い半笑いの表情を浮かべている。こうなると冗談モードに入ってくる。

「そうだなぁ、元気よく飛び跳ねる伊勢海老なんかおすすめかなぁ」

トキさんは、ニンマリとして腕を組み、斜め上を眺めて何度か頷いた。

「おぉ！　いいですね～」やっぱりあるな、これは。

「あとね、トビウオ、トビウオは大量に入荷してるよ」

嬉しそうに言った。

早朝から飲んでいた客たちが帰っていくと、もっと詳しく話を聞いた。まずはハッパを仕入れてみようと思い、どんな物か聞くと、今度サンプルを持ってくるという。

数日後、トキさんが店の閉店間際にやってきた。

「クラちゃん、はい、差し入れ」

時々トキさんは、パンなどを差し入れしてくれていた。

「トキさん、いつもありがとうございます」

腹も減っていたので早速レジ袋の中を覗くと、美味しそうなパンが数種類とジュース、そしてなぜかいちごポッキーが入っていた。

「そのいちごポッキー美味しいよ」

トキさんが微笑んでいる。

もしや、と思い、いちごポッキーの箱を手に取った。開封した形跡はなく、箱を振ってみてもポッキーが入っているような感じがするだけだ。トキさんの顔を窺うと、ドヤ顔をして満足そうな表情をしている。俺は、その可愛らしいいちごポッキーの箱を開けてみた。

「クラちゃん、分からないでしょ。ポッキーの袋出してみてよ」

まだ笑っている。俺は言われた通り、ポッキーの入った袋を箱から出してみた。そして箱の中を覗くと、何やら底にへばりついている。あっ、あった！

「トキさん、これは分からないっすわ」

俺は驚いた。たかがサンプルのハッパを持ってくるだけなのに、ここまで手間をかけ、用心する必要があるのか？　ということに。

俺は箱の底の開き口を開けて、箱にくっついているパケを摘まみ出した。1グラムほどのマリファナが入っているパケが、ジャジャーンと出てきた。箱の底は内側からテープで止められていた。

「トキさん、お見事！　でも、ここまでしますか」

称賛の声と一緒に、疑問の言葉が出てきた。

「クラちゃん、ちょっと持ってるだけでも所持で持ってかれちゃうんだから、気をつけないと。いちごポッキーに入れて笑えるぐらいに用心しないと」トキさんは、楽しそうに笑っている。

確かにトキさんの言う通りだ。気をつけないと、いつどこで職質を受けることになるか分からない。何度か職質を受けたことがあるが、任意で持ち物を検査されることがある。ポケットの中の物を出してください、バッグの中の物を出してください、と協力を要請される。そんな職質の際に、警察官が買い物袋に入っているいちごポッキーの箱を開けろとは、よっぽどのことがない限り言わないはずだ。それに、トキさんはヤクザだ。四課の刑事に、いつどこで会うか分からない。用心するに越したことはないのだ。

摘まみ出したパケを開けて、ハッパの香りを嗅いでみると、カツーンと鼻を刺激する甘い香りがした。バッズを取り出し、手のひらに載せて観察すると、白い粉が吹いていてキラキラと輝いて見えた。店の鍵を閉めて、ハッパをほぐしてジョイントを作り、火をつけた。

「トキさん、間違いないですね。めちゃくちゃ美味いっす」

トキさんは、そりゃそうでしょと自信たっぷりの商売人の顔で頷いた。

「クラちゃん、これだったらまとめていっちゃう？」

俺はハッパでキマってきた頭で少し考えた。

「いっちゃう！　とりあえず、ひゃく貰います」
緑の森に、白銀の雪が被さったようなマリファナを１００グラム発注した。ここから、トキさんと俺の取引が始まり、六本木に闇のルートが一つ確立された。

三軒茶屋での取引

ある朝、店を閉めて六本木からバスに乗って渋谷へ向かった。三軒茶屋にあるトキさんの部屋へ、発注したハッパを取りに行くためだ。普段、なかなか六本木から出ることのない俺は、久しぶりに見る昼間の世界の混雑に、早速嫌気がさしてきた。タクシーを拾えばよかったのだが、約束の時間にはまだ早いし、せっかくの外出なので外の世界を観察しながらのんびり行こうと思ったからやめておいた。三十二歳の時に六本木に来て、間もなく六年が経つ。ずっと夜に生きて、昼は死ぬという生活を送ってきた。

東急田園都市線で三軒茶屋駅に着き、電車から降りると、ちょうどいい時間になっていた。トキさんに電話を入れると、すぐに迎えに来てくれた。トキさんの住むマンションは駅から歩いてすぐだった。部屋に入るとワンフロアの広いスペースがあり、そこに座り込んで注文した品を出してもらった。

「クラちゃん、間違いないか確認して」

大きめのパケに、ゴロゴロとブロッコリーサイズのバッズがたくさん入っている。緑のハッパには白銀の粉が吹いていていて、香りを確かめると先日のサンプルと同じ香りがした。

「トキさん、間違いないっす」

トキさんは、電子測り器を出してきて、俺の目の前に置いた。

「一応載せた方が安心でしょ。安心、安全、確実がモットーのトキ商店です」と言って、トキさんは笑っている。

段取りが良いし、さすが手慣れている。こういう取引では、ちゃんと確認をしておかないとトラブルになってしまうことがある。もし、間違いがあって後からクレームを出しても、どうにもならないことが多い。場合によれば、そのクレームがきっかけで大事になってしまう恐れもある。扱っている商品が商品なだけに、訴えるところもない。もちろん、信頼関係ができあがってはいるが、さらに信頼を深めるためにも怠ってはいけないものなのだ。

「はい、載っけますよ〜」俺は、そっと測りの上に100グラムあるはずのハッパをパケごと載せた。

「おぉっと！　社長っ、多いですよっ」測りを見ると、１０８グラム以上あった。トキさんの顔を見ると、今まで見た中で一番のドヤ顔をしている。

「クラちゃん、サンプルで使ったりして遊んでよ！」

「社長っ！　太っ腹ですね〜、ありがとうございます」文句無しの取引だった。俺は約束の金を喜んで渡した。

「クラちゃんさぁ、こんなのあるけどいらない？」トキさんは、小さなパケから取り出した薬のような青い玉を、ハッパの横にコロコロとサイコロを振るように転がした。

「ほぅ！　玉ですか」1粒を手に取り、観察してみると、スーパーマンのＳに似たロゴマークが入っている。ＭＤＭＡだ。

「これ、まとめて入るんだけどね。試しに持って帰ってよ」と言って、パケごと渡してきた。

「こんなにいいんすか？」パケには10粒以上のＭＤＭＡが入っている。

「お試しサンプルがいるでしょ！」

本当に気前が良い。ちゃんとした物なら1粒４０００円〜５０００円で売れるはずなのに。

「じゃ、頂きます！」

俺は早速、スーパーマンのマークが入った青いＭＤＭＡを、口の中にポイっと放り込んだ。

「えっ！　クラちゃん、今食べちゃうの」

トキさんが驚いている。

「はい。お試しですよ！」

どんな効き方をするのか試しておかないと、安心して売り出せない。ＭＤＭＡにはタイプがあって、それぞれ効き方が違う。それを知っておかないと説明できないし、買った者がパニックになって、警察や病院に駆け込んでしまったら元も子もない。トキさんは、一切ドラッグをやらない。ハッパさえ吸わない。しなもんを扱って商売にしているだけだ。ハッパは危険ではないと理解しているが、ドラッグに関しては、やってはいけない物だと解釈している。自分は食わずに、売る物だと考えている。だから心配してくれているのだ。

「50か100ぐらい取ってくれたら、だいぶ安くなるから」トキさんは親指を立てて、にっこりと笑った。

俺は、今日聞いてみようと思っていた件を話し出した。

「トキさん、シャブは？」

トキさんはやっぱりきたか、というちょっと困ったような顔をした。

「うん、あるにはあるよ、でもやめといた方がいいよ」

さっきまでの表情と変わり、深刻な表情になっている。

「物が良くないんすか？」感じとったままに聞いた。

「ちがうよ、物は良いけど、シャブはいじらない方がいいよ」さっきより心配そうな顔で言った。

「なんでなんですか？」素朴な疑問が口から出ていた。

「シャブは客が狂っちゃうからリスクが大きいよ、ヘタしたらすぐにパクられちゃう」

「そうですね。よく分かります。でも僕、時々使うんですよ」

正直に言った。

「クラちゃん、シャブはダメだよ。食わずに売る物だよ」

真面目なヤクザは、シャブは売り物で食う物ではないと心得ている者もいるが、中には自分が食いながらシャブを捌いている連中もいる。そういう輩は、すぐにパクられる。イケイケで慎重に行動することができなくなり、冷静な判断ができなくなるからだ。自分は違う、大丈夫だと、今ここで言ってもなかなか理解してもらえないのがシャブなのだ。俺は、どうしたものかと少し考えた。

「トキさん、とりあえず1グラム分けてください。大量に持たないようにします」

俺は、トキさんが引いているシャブがどんな物なのか興味があった。新宿ルートで入るが、そこは危険なので、できるだけ避けたいと考えていた。

「しょーがないなぁ、ほんと気をつけてよ」と言って立ち上がった。

どこに行くのか聞くと、マンションの玄関だと言う。どうやら玄関のポストに入れているようだ。それも何か細工をして入れているのだろう。部屋に置いていると警察に踏み込まれたらアウトだ。こんな商売をしていると、いつ警察がやってくるか分からない。用心するに越したことはないのだ。しばらくすると、トキさんが茶封筒を持って帰ってきた。

「これ扱うの、いちいち面倒なんだよね」と言って、医者が手術の時に使うような、手にピッタリとフィットするビニール製の手袋をはめた。茶封筒を開け、小分けにされたパケをいくつか取り出した。

「ドクタートキ、ずいぶん慎重ですね」

「シャブは慎重に扱うよ。パケに指紋なんか残したくないしね。あと、触ると手にくっつくでしょ。刑事もシャブに関してはうるさいからね。ちなみに、そっちのハッパも俺の指紋はないよ」と得意げに言った。

手慣れたものだ。本当に感心する。ここまで徹底している売人は初めてだった。これが安心感に繋がっていく。トキさんは、その手袋をした手で少な目に入っているパケを選び、さっきハッパを載せた測りとは別の、さらに精密に測ることができる小型の電子測り器に載せた。

「こういう、ちまちました細かい作業が苦手なんだよね〜」と言いながら、1グラムのシャブが入ったパケを作ってくれた。

「はい、クラちゃんどうぞ。これはサンプルないんだよね。みんな狂ったように欲しがるから、間違いないと思うよ」と言って、テキパキとシャブを片付けていく。

通常シャブは、0・2グラムで末端価格1万円が相場だ。1グラムだと5万円になる。小さなカスのような結晶が、こんなにも高い。トキさんは、これをずいぶん安く分けてくれた。

「トキさん、ありがとうございます！　あの〜、キーはないでしょうか？」

おそるおそる聞いてみた。キーは、注射器のことだ。

「はいはい、そりゃいるよね」と言って、また外に出て行った。

しばらくすると、今度は大きめの茶封筒を持って帰ってきた。封筒を開け、注射器五本を手袋をした手で渡してくれた。

帰りも電車とバスを使って帰ることにした。ちょっと危険だが、MDMAの効き目を知りたかったたし、タクシーに乗って運転手と一対一になる気になれなかった。帰りにトキさんは、いらないCDがたくさんあるから持って帰ってと言って、小さなダンボール箱を渡してくれた。CDが三十枚程入っている。俺は箱の底に108グラム以上のマリファナとMDMA10粒程、シャブ1グラムと注射器五本を忍ばせて、まるでどこかの業者のように箱を小脇に抱えて電車に乗った。

渋谷に着く頃にMDMAが効きだしてきた。口に放り込んで三十分以上が経過している。電車を降りて歩きだすと、真っ直ぐに歩いているはずが、斜めに進んでいるような感覚がしてきた。目に見える景色がとても眩しく、行き交う人々が背景から色濃く浮き上がり、少し傾いているような感じがする。歪んでいるのではない。その証拠に自分の頭を少し傾けると、人々や景色が真っ直ぐに見えた。そのまま歩きながら景色を見ていると、そこに奥行きが生まれ、吸い込まれそうになっていく。俺は、さっきから傾けている頭に気づき、元に戻した。このまま歩いていると、おかしな奴だと思われてしまう。ひょっとして小脇に抱えた箱が原因なのではないかと思い、反対の脇に抱えてみた。すると、反対側に景色が傾きだしてきた。

「なんじゃこれ!?　幻覚！」ＬＳＤにそっくりだ。

二十代の頃、大阪ミナミのアメリカ村にはイラン人が徘徊し、チョコ、エル、エスを撒き散らしていた。チョコは大麻樹脂のハッシシ、エルはＬＳＤ、エスはシャブのことだ。エルは当時オウム真理教のマークが入ったものが出回り、幻覚で相当ぶっ飛ばしてくれた。気がついたら奈良の大仏の前にいて、大きな声で話しかけていたこともあった。クラブに行くと、音や照明の光を全身で吸収し、その全部のエネルギーを自由に操ることができた。あの頃のエルの感覚にそっくりだ！　青い玉になって戻ってきた。ＭＤＭＡにはシャブ玉と言われるシャブ作用のあるアッパーな物から、ＬＳＤに似た幻覚作用の物がある。これは明らかに後者にあたった。俺は一人で笑いながら歩いた。

ＭＤＭＡでぶっ飛んだ俺を乗せて、バスが渋谷を出て六本木に向かって走りだした。バスは左右に大きく揺れ、今にもひっくり返るんじゃないかと思うぐらいに揺れている。後部座席に座っている俺は、手すりをしっかりと握った。幻覚だと分かってはいるが、そうせずにはいられなかった。西麻布の交差点から六本木に向かって坂を上っていく。バスが大きく縦にバウンドすると、3メートルぐらい飛び跳ねているような感じがする。ちょうどジェットコースターに乗っているような感じだ。俺は汗をかきながら手すりに摑まり、なんとか六本木に無事辿り着くことができた。

バスを降りると、すぐ店に向かった。店は俺にとって一番の安全地帯だ。飲み物もあるし、音楽もある。何より、誰にも邪魔されず一人で好きなことができる。オープンするとそうはいかないが、それまでは俺一人の時間を自由に過ごせる。部屋に帰ればいいのだが、部屋は寝に帰るだけの場所で遊び場所ではない。俺の遊び場所は店なのだ。MDMAがだいぶ効いている。照明を落とし、カウンターの上のろうそくに火をつけた。火が暖かく灯り、踊るようにわずかに揺らめいている。それを見ているだけで気持ちが落ち着いてきた。

六本木に店を出したいきさつ

俺が六本木で店を持ったきっかけは、社長に出会ったことだった。歳は俺の十個上。三年間お世話になり、経営のノウハウや成功者の生き方などを間近で見て学ばせてくれた人だった。そのやり方は、やや強引だがスマートで、ヤクザと実業家を足して二で割って、かける三で成果を出して、儲けを獲るというやり方だった。

そんな社長と出会うきっかけは、大阪の仲間の話からだった。東京・六本木で不動産屋をやっている社長が、旧防衛庁跡地の真ん前にバーをオープンするという。俺は、その話に興味を持ち、六本木にいる社長に会いに行くことになった。

初めて見る六本木の街は、ミナミの街に比べたら意外に小さく、人も少ない。なんや、たいしたことないな、というのが正直な印象だった。社長に会い、挨拶をすませると、目の前に青写真が広げられた。それは、三年後に開業するという東京ミッドタウンだった。俺と他数人のスタッフは、三年後に開業するミッドタウンに向けて、店をオープンさせ、任されることが決まった。

ミッドタウン建設地である旧防衛庁跡地の真ん前の路面の一角に、社長はフェラーリ一台を軽く買えるぐらいの金を突っ込み、店を作り上げた。俺たちは、社長から与えられたフェラーリを、この六本木の街で誰よりも速く、そして上手く乗りこなせるように全力で必死に努力をした。たまに事故ることもあった。しかし、止まることなく走り続けた。二十四時間いつでも酒が飲めるという店は、あっという間に朝から満席になり、昼を回っても帰らない客がグラスを手放さず、薄暗い店内で音楽を聴きながら酔いしれている。開店当初は、まだミッドタウンが建っていない旧防衛庁跡地の周りは人通りが少なく、夜にチラシを配り、呼び込みをしてもなかなか客が入ってこなかった。しかし、六本木の街で生きている連中が、二十四時間飲めるという噂を聞きつけ、一日の仕事を終えた朝に客を連れてやってくる店になっていった。

一年後、社長はミッドタウンの周りに店を展開するという当初からの計画通りに事を進め、次の物件を押さえてきた。二店舗目がオープンするにあたって俺に白羽の矢が立った。ミッドタウン建設地の真正面で外苑東通り沿いの、一店舗目と同じく立地の良い物件だった。俺は勢いに乗っていた。六本木の夜に生きる遊び人の連中は、だいたい顔見知りになり、ずいぶんと顔も売れてきた頃だった。その勢いに乗り、二店舗目に突入していくと、店は瞬く間に繁盛していった。水商売だから暇な時間もあるが、ここも朝から街の連中で賑わう店になっていった。

六本木に来てからは、昼にやっと家に帰って寝て、起きたらまた店へという生活がずっと続いていた。大阪から一緒に来た嫁と子供は二年程頑張ってくれたが、実家に帰り、その後離婚をした。店では、そんなこともネタにして客と一緒に酒を飲むが、誰もいない部屋に一人帰ると、寂しさと虚しさが一気に襲ってきた。ひょっとすると、嫁もこんな寂しさと虚しさを感じていたのかもしれない。そう思うと、やりきれない気持ちが込み上げ、自然と涙が出てくることもあった。

逮捕される覚悟を決める

「クラ、なぁクラ」

和尚が呼んでいる。

「もうビール入っとらんやろ？　こっち飲もう」和尚は、一升瓶を手にしている。

「おっ！　いいですな～」和尚が手にしているのは、日本酒だった。

「クラ、なんかボーっとしちょるね」和尚は、酒を注ぎながら言った。

酒が注がれたグラスを手に取り、和尚と乾杯をした。和尚のいる寺に来て今日で九日が経っていた。その間は、ほとんど外を出歩かず、部屋で本を読んでいるか寝て過ごしていた。本棚には、和尚が今までに読んだ本がたくさん並んでいて読み放題だが、読書をしている途中にフラッシュバックして、過去の出来事が頭の中を通過していく。無意識のうちにそれは始まり、長い旅をする時もあれば、すぐに帰ってくることもある。誰かがどこかでリモコンを操作して、俺の頭の中の記憶を次から次へと再生している。それも頻繁に。良い事も悪い事も、そのままありのままに。俺は、そんな時間をボーっと過ごした。フラッシュバックされた記憶の再生に、今すぐ答えを出す必要はない。

大事なのは、その経験によってこれからどうするのか、フラッシュバックして再生された記憶を今どう感じて、これからどうするのか。過去は消せないし、変えることはできない。しかし、これからの未来は、自分次第で変えていくことができる。俺は、明日大阪へ帰ることに決めた。もう逃げも隠れもしない。今までの罪を償い、その先の人生を謳歌しよう。おそらく俺は警察に捕まり、刑務所に入ることになるだろう。腹はくくった。

「和尚、明日大阪帰るわっ」

元気良く声が出た。

「そうね」

和尚は、納得してうなずいた。

「堂々と逮捕されてくるわ」

笑いながら言えた。

「そんな、いきなり逮捕されんやろ」

和尚は、まだ俺の言ったことを100%信用していない。

「和尚、帰ったら逮捕されるから見ててみ、そん時に俺が言うたことはほんまやったって分かるわ」

俺は、人ごとのように笑った。そして、近い未来に訪れる制限された生活の前祝いに、和尚とたっぷり酒を飲んだ。

新幹線で小倉から新大阪に戻った俺は、両親が住む実家へと向かった。実家に帰ったところを警察に踏み込まれて逮捕されたら悲劇だが、どうしても親の顔を見ておきたかった。阪急電車で大阪を通り越して、兵庫に入った辺りで周りの乗客の様子を窺った。車内はパラパラと座っている客がいるだけで、刑事っぽい怪しい者は見当たらない。豊中のビルに張り込んでいた連中の顔も見えない。少し安心して両親の住む最寄りの駅で電車を降りた。そこから十分ぐらい歩けば親が住むマンションに辿り着く。俺はその道のりを、今まで歩いた中でも一番慎重に、注意しながら歩いた。心の中では「頼む、今は来るな、今は来ないでくれっ」と祈り続けていた。無事マンションの前に着き、部屋に入ると両親は、いつものようにいつもの顔で俺を迎え入れてくれた。俺もいつものように接するよう努力した。

両親は俺が小さい頃から共働きで、俺と三つ下の弟は鍵っ子だった。と言っても鍵は持たず、玄関の植木鉢の下にあるか、鍵はかかっていないことが多かった。中学生になる頃には、友達が勝手に家に入ってインスタントラーメンを食べているということも時々あった。無用心でオープンな家だった。

その頃の俺は立派な不良で、両親が仕事でいないのをいいことに、家は不良たちの溜まり場になっていた。近所の兄ちゃんの影響で、ヘビーメタルやパンクをカセットテープで聴き、その兄ちゃんからもらった袖ぐりに鋲がたくさん打たれた合成皮革のベストを愛用し、これまた鋲が打たれたリストバンドをして、髪の毛をおっ立てて粋がっていた。タバコを吸い、シンナーを吸い、近くの公園がホームグラウンドだった。そのうち、隣の中学の不良たちとも仲良くなり、勢力を拡大していった。その中にはバイク窃盗の専門や、空き巣泥棒の専門、恐喝の専門などがいて、俺たちはそれなりに潤っていた。

俺は、空き巣や恐喝はあまりしなかったが、バイクには興味があって、よく盗んで乗り回していた。当時の原付バイクは、配線コードを直結すると簡単にエンジンがかかり、盗むことができた。ハンドルキーは力一杯ひねれば簡単に壊すことができる。スーパーの前などに鍵を付けたまま停められている原付バイクの鍵だけを盗んでコレクションすると、同じ車種のバイクに合うことが多く、その鍵を使って手軽にバイクを乗り替えることができた。

中学一年の時に、バイクを乗り回しているところを警察に捕まった。警察署に連れて行かれたが、当時十三歳だった俺は、家庭裁判所に送られず、親を呼び出されて、その後すぐに家に帰された。無免許運転とバイクの窃盗罪だが、警察としては保護をしただけで、十三歳の俺に刑事責任を問うことはできず、バイクを盗んだ相手に謝罪をして、バイクを返して終わりとなった。

その後、深夜徘徊で何度も補導されたり、シンナーで警察に捕まったりして、気がつくと保護観察処分を受けて、毎週のように担当の保護司が家を訪ねて来るようになった。学校では校長先生と毎日交換日記をさせられ、生活状況を細かく監視された。

父親は、保護司や先生に「私どもの監督不行き届きです」と言い、母親は「私の責任です」と言って、自分たちを責めていた。しかし、俺は非行に走った原因が親のせいなどとは一度も思ったことはなかった。俺は、気の合う仲間と興味のあることをして遊んでいただけで、その結果が先生に怒られたり、警察に捕まったりする行為だった。わざと親に迷惑をかけて困らせようとか、悲しませようとか、思ったことも考えたこともなかった。むしろ、母親が困ったり悲しんだりしている姿を見ると、いつも本当に申し訳ないと反省することが多かった。だけど、バカな俺は、何度も何度も同じ事を繰り返して、親を悲しませてきた。

実家で母親が作った晩ごはんを食べて、ゆっくり両親と過ごした。父親が、明日は田舎の秋祭りがあると言うので、一緒に行こうと両親を誘った。ついでに墓参りをして御先祖様に手を合わせておくのも良い。困った時の神頼みをしても、御先祖様には自分のケツは自分で拭いてこいと怒鳴られそうだが、親不孝者をお許しくださいと手を合わせて言っておきたかった。

朝、両親と実家を出る時には刑事がいるのではないか、と緊張したが、大丈夫だった。実家にあまり長居はできない。それに明日には豊中のスタジオで内装業者と仕上げの打ち合わせがある。いつどこで逮捕されるか分からないという状態だが、いつも通りに行動しようと決めた。

田舎から実家に帰った俺は、最近会っていなかった高校の時からの親友の家に行くことにした。

実家でゆっくりと風呂を頂き、逮捕の時には必ず着ようと決めていたTシャツを着て、パーカーを羽織って実家を後にした。母親は、気をつけてと言って俺を送り出してくれたが、今更何をどう気をつけてもどうにもならないと思うと、両親に対して申し訳ない気持ちでいっぱいになった。

このぶんだとおそらく明日か明後日には、豊中で逮捕されるだろう。酒は当分飲めなくなる。今夜は、親友に全部話そうと思っていた。

親友の部屋のテーブルの上には鍋がセットされていた。よく冷えたビールを出してくれて、俺たちは久しぶりに乾杯をした。親友は近況などを話しながら、次々と具材を鍋の中に放り込んでいく。美味しい鍋を突きながら二本目のビールを空にした頃、俺は自分のことを話し出した。親友の顔は徐々に笑顔から真顔に変わり、驚きの表情になっていった。お互い鍋を突っつく箸は止まり、俺の真剣な話に親友は俺以上に真剣になって耳を傾けてくれた。話を終えるといろいろと質問され、その質問にできるだけ答えていった。俺は腹をくくっている。覚悟もできている。それを知った親友は、穏やかな表情になり、グラスに酒を注いでくれた。俺は逮捕までの残り少ない時間に、親友と酒を飲み、音楽の話や昔話を語り合うことができた。

翌日朝早くに目が覚めた。ずいぶん酒を飲んだが二日酔いはなく、さっぱりとした目覚めだった。

「ごちそうさん、ほんまありがとうな。そろそろ行くわ」

「ほんまか、大丈夫か？」

「大丈夫や！　帰ってきたら、また飲もや！」

「そやな！　送ろか？」

「天気ええし歩くわ。ありがとう」

刑事たちの気配

阪急豊中駅に着くと、俺のダンススタジオがあるビルは目の前だ。電車からホームに降りて歩き出すが、すぐそこにあるビルまでの距離がとても長く感じられた。刑事たちは、駅周辺やビルの周りに張り込み、俺が現れるのを待っているはずだ。俺は、覚悟を決めてビルまで歩いて行った。無事ビルに着き、階段で三階まで上がると、ドアの鍵を開けてスタジオの中に入った。自然に止まっていた呼吸を、フーっという安堵の溜息と共に開始した。

午前十時、約束の時間に内装業者の兄ちゃんが現れた。簡単な打ち合わせをして、スピーカーを置く棚などを作って設置してもらうことになった。俺は静かなスタジオの中で、まるで死刑執行を待つ囚人のように、椅子に座って、音楽を聴きながらその時を待った。今から豊中警察署に出頭してやろうかと思うぐらい、待っている時間は落ち着かなかった。刑事の尾行や張り込みが俺の思い違いで、間違いであってくれたら良いと思うが、その可能性は限りなくゼロに近い。その証拠に、さっき駅からビルまで歩いて来た道のりに、イヤホンを付けた怪しい者を数人確認していた。あれはおそらく刑事だ。このスタジオは仲間たちに任せるしかない。もし、俺に何かあればスタジオを頼むとソバには言ってある。

気がつくと、昼前になっていた。作業をしている内装業者の兄ちゃんと自分の分の弁当を買いに行こうと、駅前のスーパーに向かった。外の様子が気になっていたし、こんな状況にもかかわらず腹が減っていた。ボリュームのある弁当二つと、ペットボトルのお茶を二本買って、戻る。ビルの前に着いたところを、いきなり前後左右から刑事に詰め寄られ、俺は御用になった。

新大阪駅に着くと車から降り、腰縄・手錠でフル装備の俺は、四方からガッチリと刑事たちに固められ、そのまま駅の裏口にある職員専用通路へと入って行った。しばらく通路を歩いてから階段を上っていくと鉄扉があり、そこを開けると直接駅のホームへと出た。刑事たちは、できるだけ人目に付かないように、俺をエスコートしてくれている。それは、おそらく混雑を避けてスムーズに連行するためで、前もってルートを確保し、必要なところにはすべて先に連絡を入れているからだろう。ホームに出ると、俺を待っていたかのように停車している目の前の新幹線に乗り込み、刑事たちは車両の一番前の窓側の席に俺を座らせた。逮捕されてからここまでの間に、誰とも目を合わすことがなかった。俺のすぐ横の座席に刑事が一人座り、後ろの座席に刑事が二人、通路を挟んだ反対側の座席にも刑事が二人座っている。俺は五人の刑事と楽しくもない旅へと出た。

新幹線が静かに牢獄に向けて走りだすと、手首に嵌め込まれている黒い手錠にぼんやりと目を落とした。黒くくすんだその手錠には小さい傷があり、ところどころ色が剝げ落ちている。いったいこの手錠は、今までに何人の犯罪者や被疑者の自由を奪って手首を締めつけてきたのだろうか。この手錠には観念や無念、そして絶望や諦めが染み込み、今にも悲痛な叫びが手錠から手首へと伝わってくるような感じがしてきた。俺は、それを払い除けるように手錠をカチャカチャと鳴らし、隣の刑事に少し緩めてほしいとお願いした。

「俺が田代まさしに薬物を売り捌いた売人や！」

新幹線は新横浜駅に到着しようとしている。後ろの席に座る刑事が、携帯電話で間もなく到着すると誰かに伝え、ガサガサと慌ただしくなってきた。俺は、確実に牢獄へと向かっている。今更どうにもならない。警察当局に捕らわれて、牢屋にぶち込まれる。そこからは厳しい取り調べが始まるだろう。

「ふんっ、それがどないした、好きにせえや」

思わず声に出していた。

「おい、到着だ。おとなしくしとけよ」

隣の刑事が、腰縄をしっかりと握り直しながら言った。

新幹線が新横浜駅のホームに入ると、俺は立たされ、車両と車両の間の乗降口へと引っ張り出された。停車すると、ドアの前に五、六人のスーツ姿の男たちが俺を待ち受けている。不思議なことに、全員が顔半分ぐらい隠れるマスクをして不気味に立っている。そしてドアがゆっくりと開いた。

「神奈川県警本部薬物銃器対策課のヤマダだ。クラだな。連行する」

頼んでもいないのにいきなり自己紹介され、俺のことをあだ名で呼んできた。

ヤマダは繋がれている腰縄をぐっと握り、俺を片手で持ち上げるような勢いで引き摺り、歩かせた。体格が良くて、俺より二回りぐらい体がでかい。暴れるものならすぐに押さえ込まれ、ねじ伏せられるだろう。

「ちょ、ちょっと刑事さん、別に暴れへんから普通に歩かせてくれます？」

俺は背後左右の二人から腰縄を持たれ、横にピッタリと左右に二人の刑事が付き、ホームから改札口に向かう階段を下りた。さっきまで連行してきた刑事たちと代わり、こいつらに警察署まで連れていかれるのだろう。

「よし、おとなしくしてろよ」

ヤマダは、腰縄を持つ手を少し緩めてくれた。

改札口が見えてくると、何やら外が騒がしい。新大阪駅では職員専用の裏口を通ったが、新横浜駅では一般の改札口から出ていくようだ。切符など持っていない刑事たちと俺は、直前に開きっぱなしになった改札口を通り抜けた。駅構内を歩く。

「おいおい、うそやろ!?」

驚いて一瞬足が止まった。

そこには、俺が来るのを待ち続けていたテレビ局の報道陣や記者たちがずらっと並び、俺の登場に合わせて一斉に騒ぎだした。

「おい、うつむけ」

横にいる刑事が小声で言ってきた。

こいつらのマスクの理由が分かった。報道陣が来ているので、顔を晒さないためにマスクを着けているのだ。俺は刑事の「うつむけ」という言葉に何故か腹が立ってきた。どうしてうつむかないといけないのだ。俺は逃げも隠れもせずに、堂々と胸を張って逮捕されると決めたのに、どうして今ここでうつむかなくてはならないのだ。俺は、その言葉を完全に無視して、報道陣や記者が群がり集まっている辺りを見回し、やや上を向いて堂々と進んで行った。テレビカメラの前にはリポーターらしき女性が立ち、しきりにカメラに向かって何かを話している。記者たちのカメラのフラッシュが眩しくて、目がチカチカしてくる。

俺は、そんな中を仕込んでいたTシャツを着て、悠然と歩いて行った。このTシャツには、ニューヨークのパブリック・エネミーというラップグループの名がでかでかと入っていて、マシンガンで標的を狙うスナイパーの絵が前面に大きく描かれている。パブリック・エネミーとは、日本語に直訳すると〝公共の敵〟または〝社会の敵〟という意味で、まさに今の俺にピッタリだ。そう思うと、笑えてきた。公共の場に晒されて社会の敵となった俺は、報道陣や記者からの銃撃を受けながらも倒れずに、対抗するように一人一人を目で狙い撃ちにしていった。その数は三十人ぐらいだろうか。俺のすぐ後ろを追いかけるようにやってくる記者もいた。

「俺が田代まさしに薬物を売り捌いた売人や！　見たい奴は見ろ！」

心の中で叫んでいた。

停車しているワゴン車に乗せられ、左右を刑事に挟まれて、後ろの座席の真ん中に座らされた。すると、フロントガラスの向こう側20メートル程先に三脚を立て、カメラを構えている者がいた。俺は迷わず、にっこりと笑ってやった。これは、よく週刊誌などに載っているカメラショットだと気が付いた。フロントガラス越しに運転席と助手席の間を狙い、後部座席の真ん中に座る犯人を捉えたものだ。俺は、手錠を掛けられた両手を少し持ち上げて、親指を立ててやった。俺を乗せたワゴン車が走り出すと、助手席に座っているヤマダがマスクを取り、後部座席を振り返って話しかけてきた。

「クラ、お前もこれでまともな仕事には就けないな」

「はぁ」

「俺の顔覚えてるか？　何度か会ってるぞ」

その顔は、豊中駅と駅前ビルを結ぶ連絡橋にいた、いかついスーツ姿の男の顔だった。

「そうですか？」俺はとぼけてみた。

「お前、急にいなくなるから困ったんだぞ」

「はぁ」

「まぁいい、今から水上警察署まで行くぞ」

車内は静まり返った。

第二章　勾留

薬物の入手先を教えるわけにはいかない

仲間は裏切れない

水上警察署で指紋や小便を採られた俺は、そのまま加賀町警察署に移送された。事件としては水上警察署の管轄だが、身柄は加賀町警察署預かりとなった。留置場に入る前に、持ち物を全部看守にチェックされ、リストを作り領置される。そして服を全部脱ぎ、隠し持っている物はないか確認され、楽な格好に着替えて留置場に入った。場内は空調設備も整っているのか、暖かく丁度良い。看守に「これを履け」と言われて渡された茶色の便所サンダルには、一〇五と黒いマジックで大きく書かれていた。他の舎房が見えないように歩かされ、独居房の入口にサンダルを整えて置き、俺は檻の中に閉じ込められた。

二〇一〇年十月十日、ここから俺の監獄生活が始まった。

取り調べは、翌日の朝から行われた。担当は、県警本部薬物銃器対策課のヤマダ。俺はすべての罪を認め、そのほとんどについて正確に証言していった。ヤマダはいろいろな状況証拠を俺の目の前に突き付けてきた。銀行のATMから金を送金する時の俺の映像・写真、コンビニから薬物を送る時の俺の映像・写真。銀行口座の金の流れが分かる通帳のコピー、薬物を送る際の配送票の筆跡。完璧に犯人は俺であるということを立証していった。しかし、俺は一部だけを頑なにごまかし続けた。それは薬物の入手先が、どこの誰かということだ。もちろんヤマダは、そこを突いてきた。

「クラ、もう分かってんだから素直に吐けよ」

「だから違うって言ってるでしょ」

「だったら何だこれは、この日にお前からこいつに金を送ってるだろ。大金を」

「そうですね」

「こいつから買ったんだろ？」

「違いますよ」

「じゃあ何の金なんだ？」

「借りてた金を返しただけですよ」

「ちっ、お前なぁ、適当にごまかし通せるとでも思ってんのか？　こいつ庇ってどうすんだ。また売人やんのか？　素直に喋れば裁判官の印象も良くなって少しは刑も軽くなるんだぞ」

「はぁ」

「はぁじゃねーよ、こいつだろ」

「違うって言ってるでしょ。刑事ドラマ並にしつこいっすね」

「お前のために言ってやってんだぞ」

「ありがとうございます。でも違うもんは違うんですよ」

「よーし分かった。クラ、全部お前が背負って懲役行くんだな」

「はい。全部僕がやったことですから」

「一つ言っといてやる。お前は、また必ずここに戻ってくるぞ。再犯する」

「もうやりませんよ」

「みんなそう言うんだ。俺の言ったこと覚えとけよ」

「はい。もし戻ってきたらヤマダさんを必ず指名しますから」

「バカか、もういい。ここここに指印押せ」


俺とヤマダの何日もかけた長い根気比べは俺が勝利を収め、勾留二十日間に及ぶ厳しい取り調べを終えた。ほとんどの罪を認め、一部の罪をごまかし続けた。なぜ苦しい思いまでしてごまかしたのか。それは仲間を裏切ることはできないという強い思いがあったからだ。俺が下手を打ったからといって、仲間を警察に売ることはできない。ヤマダは仲間を庇うということは、また次があると考えている。俺が出所したら、また仲間たちと手を組み、犯罪に手を染めるだろうと。しかし今の俺には、正直この先の人生のことなんて何も考えられない。再犯するのか更生するのか、そんなことは遠い先のことで、それを測るための天秤の上にさえまだ乗っていない状態なのだ。

ただ今までの、そしてこれからの俺の生き方として絶対に仲間を裏切ることはできない。そこだけはごまかし通すと逮捕前から決めていたことだった。おそらく、銀行口座の金の流れなどから薬物の入手先の仲間にも捜査が及んでいるだろう。だが、向こうも適当にごまかしているはずだ。問題なのは、ごまかしている者同士の証言が合うかだが、これも俺が認めて証言しない限り、警察はどうしようもないはずだ。そこには、何の証拠もないという自信があった。取り調べの間は舎房に戻っても苦しくて胃が痛み、夜は次の日の取り調べで何と答えるか考えていると眠れなくなった。独居房に一人ポツンといると、事件のことばかり考えてしまい気が狂いそうになった。

結局俺は、大麻取締法違反、麻薬取締法違反、覚醒剤取締法違反と薬物事犯のオンパレードとなり、その中でも量刑の重い覚醒剤取締法違反、営利目的譲渡の罪で起訴され、送検されることになった。

田代からの一文

勾留中には、四回検察庁へ移送された。

逮捕から四十八時間の勾留後に、最初の検事調べがある。検事の机の上の、山積みにされた調書の一番上に、田代と女のサインが書かれた一文があった。そこに間違いはありませんと言わんばかりの綺麗な指印が押されていた。その一文は、「私が所持していた大麻、コカイン、覚醒剤はクラという男から譲り受けたものです」と、自筆の大きな字で書かれていて、検事は、それを俺に見えるように丁寧に目の前に置いてくれていた。田代も田代の女も、お前から買ったと言っているよと教えてくれているのだ。俺は、それを見て納得したし、諦めもついた。ひょっとすると、取り調べをスムーズに進めるための検事の作戦だったのかもしれないが、そんなことはどうでも良かった。俺は洗いざらい喋ろうと思えた。

ただ、検事の質問にはむかつくものが多く、時々腹だたしくてイライラした。やはり入手先については、しつこく、嫌らしく、厳しく、攻め込んでくる。イライラしたら負けなのは分かっているが、わざと怒らすようなことを言ってきて様子を窺ってくる。挙句の果てには、俺が眠たい証言をしているとでも言うように、背筋を伸ばして大きな欠伸をした。俺はカチンときて「検事さん、眠たいんやったら別の日にしましょか？　いつでも呼び出してください。その態度のことは、裁判の時に裁判官に伝えます」と、言ってやった。若い検事は、急に背筋をピンと伸ばして椅子に座りなおし、失礼と小さく詫びてきた。

取り調べを待つブタ箱での情報交換

取り調べ中の楽しみは、一つだけだった。昼食の菓子パンだ。クリームパンやジャムパン、あんパンにチョコパンは、甘い物に飢えている者にとっては、特別な楽しみになるのだ。

留置場で朝飯を食べてから、今日検事調べがある者たちが一列に並ばされ、腰縄で全員を繋いで、護送車に乗せられて検察庁に移送される。検察庁に着くと、神奈川県内の各警察署から移送されて来た被疑者や犯罪者たちが振り分けられ、十名ぐらいずつブタ箱に放り込まれる。繋がれていた腰縄は解かれているが、手錠は外されず、硬い木の椅子に座り、名前が呼ばれるまでひたすらブタ箱で待ち続けるのだ。そこでは、いろんな情報交換が行われていた。ここにいる連中は現在取り調べ中の身で、これからどうなるのかが不安な初犯者から、取り調べで否認を続けているベテラン再犯者まで、様々に揃っている。量刑はどんなものか、どうすれば軽い刑で済むのか。知識のある者から聞いたり、みんなで予想をしたりして話し合うのだ。

　このブタ箱にいるほとんどの者が、ヨンパチ（四十八時間の勾留）後の、最初の検事調べのために来ていることが分かった。シャブ、窃盗、暴行、傷害、詐欺といった事件の被疑者たちで、肩を落としてうなだれている者もいれば、看守に向かって怒鳴り散らしている者もいる。犯罪者もここまで来ると態度は様々だ。

「自分シャブの営利で来たんですけど、やっぱり一発懲役ですかね～」

　隣に座る者に声をかけてみた。ここでは私語雑談が許されている。

「えっ！　営利ですか～、厳しいっすね～、実は自分もシャブで小便出ちゃってアウトですよ」

　げっそりとした表情をして、死んだ魚の目をこっちに向けて言った。

「使用すか、初犯やったら執行猶予ですぐ出れるでしょ」

「いやそれが、弁当持ちで二回目なんです。今回は懲役です」

分かりやすくガックリとした。

執行猶予中の人のことを「弁当持ち」と言う。執行猶予中に再犯をしたということだ。だいたいシャブの使用で前がなくて、初犯なら懲役一年六月、執行猶予三年が相場だ。執行猶予が付いたらシャブの使用で前がなくて、初犯なら懲役一年六月、刑務所に収監されることはなく、弁当持ちのままシャバで普通に生活をすることができる。こいつは執行猶予中の三年の間に再犯をしたということで、初犯の一年六月と今回の分がプラスされて、実刑判決を受けて懲役となる。今回がシャブの使用だけなら判決は相場の一年六月だから、簡単に計算をして懲役三年だ。

「あちゃー、二回目やったらしゃーないですねぇ」

「やっぱり目の前のシャブには手を出してしまいますね」

残念そうに言った。

シャブ中は皆、同じことを繰り返す。一時の快楽を求めて彷徨い続ける。止まることのない欲望は、いつどこでスイッチが入るか分からない。そのスイッチの操作はコントロール不能だ。酒を飲んで酔っ払ってくるとスイッチが入る者、パチンコに行くとスイッチが入る者、女と遊ぶ時にスイッチが入る者、趣味に没頭する時にスイッチが入る者、ストレスが溜まってスイッチが入る者、仕事をする時にスイッチが入る者、寂しくてスイッチが入る者、言いだすと切りがない。それらは日常生活の中に普通にゴロゴロと転がっていて、避けて通ることは不可能に近い。だったらどうすればシャブを断ち切ることができるのだろうか。それが分からずに、シャブ中たちは何度も再犯を繰り返していく。

俺はどうなのか。立て続けにずっとシャブを食うことはなかったが、振り返ると、これまでの二年ぐらいは付かず離れずで、ずっとシャブと共に過ごして来た。もうやめたと自分の中で決めても、またどこかで手に入れてやってしまう。気がつけばシャブを追いかけ回し、駆けずり回っていることもあった。俺の場合は酒を飲んで酔っ払ってくるとスイッチが入り、シャブの話題になるとソワソワしだして、シャブを手に入れることしか考えられなくなる。すぐ手に入る環境にいれば１００％やってしまう。もし相手に連絡がつかなかったり、入手できなかったりすると、他をあたって追いかけ回すことになる。手に入れるまでのサバイバルゲームが始まるのだ。

「今、切れ目できついっすよ」

死んだ魚の目が、無理に笑って続けて言った。「逮捕寸前までキメっぱなしだったんでね」薄ら笑いを浮かべている。

「それは辛いすね」

切れ目はきつい。同情の目を向けた。

すると、手はずっとグーパーグーパーを繰り返し、虚ろな目を血管に向けている。これはかなり重症のシャブ中だ。もうこの段階でスイッチが入ってしまい、欲しくてしょうがなくなっている。俺は気を逸らすために話題を変えることにした。

「留置場の飯まずいですねー、腹減るから何でも食べるけど、そっちの飯どうです？」

留置場の飯は各警察署によって内容が違ってくる。だいたい朝はパンと牛乳、昼は安っぽい弁当、夜は昼より少しましな弁当、俺がいる加賀町警察署はこんな感じだ。しかし警察署によっては朝から弁当のところもあれば、具材などを聞くと豪華なところもあるのだ。

「いやいや、まずいし全然足りないすね。本当どうにかしてくれって感じですよ」

俺たち犯罪者や被疑者は、税金で食べさせてもらっている身なので文句は言えない。ただ、毎日食べていると空腹を満たすためだけの行為となり、楽しみでも何でもなくなってくる。看守に頼めば領置されている自分の所持金で、決まった店から出前を取ることもできるが、これも大したものはなくて、結局与えられた飯を食うことになる。俺たち留置場にいる者は、現在被疑者であって刑が確定した犯罪者ではない。だから少しの自由が許されていて、所持金でタバコを買うこともできるのだ。タバコは朝の休憩時間に二本だけ吸うことができた。

「ここの昼飯は、パンみたいですよ」

何人かは楽しみにしているようだ。パレットに入れられたパンがブタ箱に放り込まれると、一人二つの菓子パンを、手錠を嵌めたままの手で取っていく。ジャムパン、クリームパン、これが俺たちの昼のエサになる。中には甘いものが苦手と言う者もいて、そういう者から一つもらい俺は三つ食べて満腹になった。

朝からムッとした顔をして一言も声を発さない真面目そうなおっさんは、一つも食べていない。顔色が悪くてかなりやつれている。心配して誰かが声をかけた。

「食べないんですか？」

「私は、食べない」

おっさんは声をかけた者をギロっと睨んだ。みんな注目している。

「どこか具合が悪いんですか？」

俺が聞いてみた。

「べつに、何も食ってないだけだ」

憮然として言う。

「えっ？ ずっと？」

驚いて聞いていた。

「警察のメシなんて食えるかっ」

怒り出した。

他の者も何か食べた方がいいと勧めるのだが、一向に食べようとしない。何が原因なのだろう。

「おやじさん、どうしたんですか？」

前のめりになって、穏やかな口調で尋ねた。するとおっさんは語り始めた。

「私は強盗などしていない。強盗をしようとも考えていなかった。なんで私が強盗未遂で逮捕されないといけないいんだ。不当逮捕だろ。私は警察という権力に逆らうため、ここの飯は食わんと決めたんだ」

おっさんは、きっぱりと言い放った。強盗、強盗未遂、不当逮捕、穏やかではない。

「強盗してないのに強盗未遂で逮捕って、よかったら訳を聞かせてください。自分も多少の知識はあるんで」

ここにいる皆が、興味を持って聞く態勢に入っている。

「包丁を持っていたんだ」

うつむいてボソボソと言った。

「ほ、包丁持ってた!?」

ここにいる全員が前のめりだった体を一斉に仰け反らせた。

話はこうだ。おっさんは一人で銀行に行った。包丁を持って。そこで挙動不審だったので警備員に呼び止められた。その時おっさんの手には包丁が握られていたので、その場で取り押さえられて警察に逮捕された。

「銀行で包丁を持ってたって、強盗だと思いますよ、普通」

誰かが言った。

「けど、私は金を出せなんて一言も言っていない。ただ包丁を持っていただけだ」

髪を振り乱して熱弁しだした。

「おやじさん、外で包丁持ってるだけでも銃刀法違反やし、ましてや銀行で持ってたら強盗ちゃうかって思いますよ。強盗する気がなくても、強盗未遂の疑いかけられてもおかしくない」

俺は諭すようにゆっくりと言った。

「違う違う違う〜」

髪を掻き毟りだした。風呂にも入っていないのだろう。臭い。

「なんでまた、包丁なんて持ってたんですか」

他の者が聞いた。

「私は、私は、料理をするつもりだったんだ〜」

握りこぶしを作り、叫ぶように言った。

この場にいる全員が言葉をなくして固まった。

「おやじさん、とりあえず食べましょ」

俺は、パレットからパンを一つ取って手渡した。

おそらく、このおっさんは強盗目的で包丁を持って銀行へ行き、怖気づいて躊躇している間に取り押さえられたのだ。まだ強盗には至っていないし、強盗未遂と言われても否認しているのだろう。しかし、警察でも料理をするつもりだったと言っているのだろうか。それで通しているとしたら、そのうち精神鑑定をされるはずだ。言っていることが可笑しすぎる。

「おやじさん、ちゃんと食べて風呂入って寝よう。警察に逆らって戦うんでしょ。裁判まで体が持ちませんよ」

おっさんは渋々とパンを食べ始めた。厳しい刑事からの取り調べの中、みんないろんなものを抱えて、このブタ箱に放り込まれている。これから起訴されず現実社会に戻れる者もいれば、起訴されて裁判になり、実刑判決を受けて懲役に行く者もいる。

同房のおじさんは「職業が泥棒」

刑事の取り調べが終わり、起訴されて送検された俺は、今までいた留置場の独居房から雑居房へと転居することになった。取り調べ中は、他の者からの情報が一切入らないように独居房に放り込まれ、接見禁止が付いていた。これは、面会も許されないということで、外からの情報は完全に遮断される。有名人が絡んだ事件で、新聞雑誌等にも報道されているることもあって、全て見ることが許されなかった。雑居房では、俺を含めて三人が同じ舎房で寝食を共にする。新聞や雑誌を見ることもできて、多少の情報も入ってくるようになった。自然と会話も生まれ、自分が犯した事件のことなども語り合うようになっていった。

「兄さんは何したの？」

六十歳ぐらいの同房のおっさんが聞いてきた。とても柔らかな表情をしているが、目はずる賢そうで鋭く、キツネのようだ。

「シャブの営利です」

検察庁のブタ箱でも幾度となく聞かれた質問なので、すんなりと答えた。

「自分では食わないの？」

探るような目をこちらに向けてくる。言葉は関東訛りだ。

「食いますよ。今回は小便出なかったんで、使用は付いてないですけど」

「懐かしいなぁ。若い頃はね、よくやったなぁ。テキパキ動けて寝ずに仕事できるもんね」

「仕事に使ってたんですか？」

「そうそう。泥棒だけどね」

軽く言った。

「へっ!?　泥棒？」

「そう。俺の仕事」

少しドヤ顔をして笑いだすと、鋭い目は垂れ下がり、愛嬌のある顔になった。

「えっと、仕事が泥棒？」

もう一度聞いてみた。

「そう。職業が泥棒」

おっさんは本格的に笑いだした。看守が注意しに来るほどに。

おっさんは現在六十三歳で、二十歳頃からずっと泥棒をして生活していたと言う。

「他の仕事には就かないんですか?」

「就くよ。懲役から帰って来ると、しばらくはね。でもすぐ本業に専念するね」

悪怯れることなく笑顔で答えた。

「じゃあ、懲役は何度も?」

「そうだね。フィフティフィフティだね」

泥棒のおっさんは、二十年シャバで泥棒暮らしをして、二十年以上懲役を務めているという強者だった。

「まじですか! もうやめようとか思わないんですか?」

俺は、おっさんのライフスタイルにカルチャーショックを受けていた。

「うーむ、思ったこともあるよ。でもすぐやっちゃうね」思案している顔が、こう言っちゃ失礼だが、限りなくアホそうだ。

「やっぱり泥棒は儲かるんですね」

答えを先に言ってしまった、と思った。

「うーむ、なんかドキドキしてヒリヒリするんだよね〜、それでやめられないのかな〜」

正解は違っていた。

おっさんは手首をグルグルと回し、指のストレッチをしだした。まるで、今から空き巣にでも入るかのように。目はワクワクしてきている。

「ドキドキ、ヒリヒリですか」

俺は、首をひねりそうになるのを堪えて続けて言った。

「スリルと緊張感ですね」ズバリと人差し指を立てて言ってみた。

「正解！　それっ！　怪盗ルパンだね。ガキの頃からルパンが好きでね〜」

なんだ、このおっさんは。泥棒を悪いことだと全然思っていないようだ。

「けど、捕まって懲役行くのは嫌でしょ？」

「ん？　べつに嫌じゃないよ」

鼻くそをほじっている。

「えっ!?　刑務所ですよ」

「へっちゃらだよ。はいはい言っときゃ務めも終わってるよ」

ほじくり取った鼻くそを便所の方に弾き飛ばそうとしている。

その時に気がついた。おっさんの人差し指は第二関節から上が欠落している。中指ではじくり取った鼻くそを、親指で弾き飛ばそうとしている。

「そんなもんですか？」

俺は、まだ刑務所に行ったことがないので、その辺をじっくりと聞きたくなった。

「そりゃそうよ。はいはいはいはいの服従の世界だよ。それができない奴は苦労するよ」

「自分、今回は懲役行くことになりそうなんですけど、なんかコツみたいなんあります？」

「そうだね〜、けつの穴はキュッと締めといた方がいいね」

おっさんは初めて真剣な顔をして言った。

「えっ！　けつの穴ですか？　掘られるってこと？」

俺は想像して恐怖に怯えた。

おっさんは俺の様子を見て爆笑しだした。

「ないない。今時そんなのないよ。それっぽい奴はいるけど、無理矢理掘られることなんてないよ」

おっさんの人差し指は両方とも第二関節から先がなかった。

昔聞いたことがある。ヤクザの世界では、手癖の悪い者や泥棒癖がある者は、人差し指を落とされると。泥棒や万引きをすることを、人差し指を曲げてカギ状にして示すこともある。その指を飛ばすのだ。このおっさんは昔、ヤクザの金にも手を付けたことがあるのかもしれない。

「けつの穴締めて頑張れってことだよ。あとオヤジには絶対逆らわない」

刑務所では、刑務官のことをオヤジと呼ぶ者がいる。刑務官たちも、それを良しとしている風習がある。

「逆らったらどうなるんですか？」

「飛ばされちゃうよ。懲罰だね」

懲罰を受けると程度にもよるが、懲罰房に入れられて一人で反省の日々を過ごすことになる。刑務作業をする工場を変えられ、今までいた舎房を離れなければならない。また新たに人間関係を構築し、ぺーぺーから始めることになるという。

「反抗せずに、はいはい言って服従する。これですね」

敬礼しながら言った。

俺は、これから先の懲役生活のことを考えると少し憂鬱になった。ひょっとすると裁判で執行猶予をもらえるかも、というわずかな希望はあるが、恐らくはないだろう。シャブの営利で、今回事件になった薬物の量もそれなりにある。しかも相手は有名人だ。田代の売人が執行猶予判決。あり得ない。見せしめのためにも、必ず実刑判決になるだろう。最初から腹はくくっているし、気持ちは開き直っている。なるようになれ。ただそれだけだ。

俺は世間を騒がせたのか?

朝起床して、ペラペラの布団を畳んで舎房を掃除すると、牢屋の鍵が開けられる。順番に外に出て、顔を洗い歯を磨く。牢屋に戻ると朝食が配られ、味気ない食事を済ます。しばらくすると、舎房ごとに順番に朝の休憩が回ってくる。外の空気が吸えて、わずかだが空も見える。留置場内だが、八畳程の広さがある屋外スペースで、外の空気と一緒にタバコが吸える。他の舎房の者と雑談をしたり、看守と話をすることもできた。

「調べは終わったのか?」

穏やかな口調で、優しそうな顔をして看守が言った。歳は六十になる手前ぐらいだろうか。

「はい。終わりました」

深く吸い込んだタバコの煙を吐き出しながら言った。美味い。

「どうだ、ここは？」

看守は、俺と同じようにその場にしゃがみこんできた。

「悪くないですね。朝のタバコも美味しいし」

「拘置所に行くと吸えなくなるぞ。今からやめといた方がいいんじゃないか？」

「いや～、ギリギリまで吸い続けますよ」

「じゃあ、今のうちに思う存分吸っとけ」

「何年このタバコ吸えなくなりますかね～」

少しだけ見える青空をめがけて、勢いよく煙を吐き出した。

「そうだなぁ、五年ぐらいじゃないか」

看守はサラッと言った。

「ごっ、ごねんも！」

看守の言葉に驚いて、タバコを落としそうになった。

「そりゃそうだろ。ここに何年もいるから相場は分かるんだよ」

「でも五年はないでしょ！　二、三年でしょ！」

半分祈るような気持ちで言った。

「どうだろうね〜」

検察庁のブタ箱で入手した知識と、自前の知識を持ち出すと、二、三年だろうと軽く考えていたが、毎朝休憩の時間に顔を合わせる看守が言った五年という言葉は、わずかに見える青空から、いきなり雷を落とされたような衝撃がして、思考の一切を司る脳は完全に停止してしまった。二本目のタバコを看守に貰い、火をつけてもらうと、付け加えるように言った。

「あれだけ世間を騒がせたんだ。そんなに安くは済まんのじゃないか」

「世間を騒がせた？」

有名人が絡んだ事件なので報道されたはずだが、どのように、どんな規模で世間を騒がせたのか、留置場にいる俺は知らない。気になって看守に聞いてみた。

「どんなふうに報道されたんですか？」

「それはお前、夕方のテレビニュースで田代まさしの売人が逮捕されましたって、バッチリ連行されてる姿が映ってたぞ」

「夕方のテレビニュース……」

「そうか、お前はここにいるから知らないか」

「そうなんですか……」

新横浜駅を出たところに、カメラマンやテレビカメラがいたことは知っていたが、実際の映像や写真や記事などは一切見られないので分からなかった。留置場の雑居房に移ってからは、舎房ごとに閲覧できる新聞が回ってくるのだが、時々、その新聞に黒いマジックで塗り潰された部分があったりする。それは、ここにいる誰かの事件のことが書かれてある記事で、透かして見ても読むことができなかった。夕方のテレビニュースとなると、いろんな人たちが見ているはずだ。小学校で喋ったこともない同級生も、名前を見て気づくかもしれない。俺のことを忘れかけていた人たちがニュースを見て、思い出すことになるのかもしれない。〝田代まさしの売人逮捕〟という大看板と一緒に、俺は世間に吊るし上げられた。ヤマダが「これでまともな仕事には就けないな」と言った意味を、今やっと理解することができた。

数日後、看守が舎房の前に来て、面会だと俺に告げた。調べが終わり、接見禁止が解除されたので、面会ができるようになったのだ。しかし誰だろう。看守に連行されて面会室に向かい、ドアが開かれると、クリアボードの向こうにユキヒロさんがいた。看守に言われてパイプ椅子に座ると、ユキヒロさんがホッとした顔をして、笑いながら話しかけてきた。

「おっちゃん、びっくりしたで〜」

俺たちは、お互いを〝おっちゃん〟〝おっさん〟と呼び合っているのだ。

「事件知って、すぐネットニュース探したら写真付きで出てきて、ほんまびっくりしたわ」

「男前に写ってた？」

「堂々としてたわ！」

「ほんまかいなぁ」

「あのTシャツ、仕込んでたんか？」

「ええやろ？」

「ええやろちゃうで！　笑ったわほんま」

「そらぁ、よかった」

「なんや、顔色ええなぁ」

「そやろ。毎日ええもん食うてるしな」

「ええやん、働かんで飯食えて、まぁおっちゃん元気そうで良かったわ」

「おっさんも生きてて良かったわ」

「なんやそれっ!」

二人で爆笑をした。面会時間の二十分は、あっという間に過ぎていった。ユキヒロさんは、また来るで~と言って、まるで家に遊びに来たかのように帰って行った。久しぶりに刑事や犯罪者といった暗い顔を持つ人間以外の顔を見て、ホッとすることができた。

弁護人という存在のありがたさ

数日後、家族が面会に来てくれた。父母弟が座るクリアボードの向こう側は、こっちとは全く違う世界に見えた。すぐそこにいるのに手は届かず、ただただ自分が惨めになっていった。両親に申し訳なく、弟に迷惑をかけた俺は、今の自分の気持ちを話し出すとさらに惨めになるので、努めて俺がいなくなった後の事務的な処理の話をするように心掛けた。

家族が面会に来たその日から、留置場にいる間、俺は毎日写経をするようになった。

逮捕から二日後の検事調べの時に、国選弁護人の要請をした。担当になった弁護人は接見禁止中も面会に訪れてくれて、いろいろ話を聞いてくれた。田代と女の供述調書の内容を少し教えてくれたり、今後どうなっていくのか、分かりやすく説明してくれた。まだ新任で、経験もあまり積んでいない若い弁護人だったので大丈夫か？　と思う面もあったが、とても熱心に俺の事件に取り組んでくれた。留置場や取り調べで、不当なことは行われていないか、心配をして何度も聞いてきた。

一度、取り調べで刑事に俺の供述を強引に捻じ曲げられ、誘導されると弁護人に言ったことがあった。その数日後の取り調べでは、取り調べ室の外に公安の刑事が立っていたようで、ヤマダがドアを開けて外に出る時に、目の前に公安がいるのを見て、声を出して驚いていたのを目にした。そして、もう一人の刑事に囁くように「公安来てます」と言ったのを俺は聞き逃さなかった。公安の刑事が俺の取り調べを調査しに来たのだ。俺の頭には弁護人の顔が浮かび、頭の中で〝ありがとう〟と手を合わせた。

接見禁止で誰とも話せない被疑者は、孤独と戦いながら刑事と一戦交えることになる。その中で唯一の味方が弁護人なのだ。俺のように罪を犯した者に、救済の手を差し伸べてくれる。とても心強く、ありがたい存在だった。そんな弁護人に一番相談したかったのは、俺の刑は一体どのぐらいになるか、ということだった。最初、弁護人は、ひょっとすると執行猶予の可能性も有り得ると言っていたが、取り調べが進むにつれて、薬物の入手先の証言に真実性や確実性はなく、また入手先の者が俺の証言で逮捕された訳ではないので、まだ分からないが三、四年の覚悟は必要かもしれないと言ってきた。入手先の者が、俺の証言で逮捕されるということはない。俺は、一歩ずつ刑務所の高い塀へと近づいて行った。

寒く、冷たい拘置所北棟の独居房

十二月の半ばを過ぎた頃、そろそろ拘置所に移送されるんじゃないかと、朝の休憩時間に看守が言ってきた。外の風は冷たく、素足にサンダルを履いた足下から、浜風が身体全体を冷やしていく。わずかに見える空は、ここのところずっと雲が覆い被さり、どんよりとして薄暗く、憂鬱な世界を創り出していた。深呼吸をすると微かに潮の香りがする。朝のタバコと微かな潮の香りが、今の俺には唯一の贅沢だった。

「もうちょっとここでゆっくりしたいんですけどね。タバコも吸えるし」

「あっちに行った方が飯は美味いんだぞ。ベテランの皆さんは早く行きたがるもんだ」

「そうなんですか」

「年末までに行きゃ、おせち料理が食えるぞ」

「おせち!? 嘘でしょ」

「娑婆（しゃば）のおせちとは違うが、ちょっとは豪華らしいぞ」

「へぇ〜、じゃあ、とっとと移送してくださいよ。横浜国営高級ホテルへ」

「いろいろ手続きがあるんだよ。年内に無理だったら年明けだな。お役所仕事は年末年始きっちりと休むからな」

「僕、そろそろ旅行の用意しないと」

「なんの用意だ。バッグ一つ持ってそのまま護送車に乗るだけだ」

「ＶＩＰですやん」

「そうだ。運転手、ボディガード付きのＶＩＰ待遇だ」

「素晴らしい」

看守と二人で笑った。

看守は警察側の人間だけど、いろいろ話をしたり、俺のことを気にかけてくれたりして、ある程度心が許せる存在だった。事件についての細かい話はしないが、お互い家族のことや、これからのことを話したりした。看守は来年で定年を迎え、定年後は釣りをして、家族と一緒にゆっくりと過ごしたいと言った。俺の家族が面会に来てくれた時には看守が立会人で、面会の次の日の休憩時間には「良い家族だな」と言って、目に涙を浮かべていた。俺のような犯罪者に対しても、とても人情味があって優しいオヤジだった。もう少し朝の休憩時間にタバコを吸いながらオヤジと話をしたかったが、年末の十二月二十七日に、俺はめでたく横浜拘置所へと移送されることとなった。移送される日の休憩時間には「これ以上家族に心配かけるなよ。頑張れ」と励ましてくれた。俺は「はい。お世話になりました。オヤジもあと少し、頑張ってください」と頭を下げて、お礼を言った。

横浜拘置所の北棟五階の独居房に収監された俺は、まずここの寒さに驚いた。留置場では、丁度良く室温が保たれていて寒いと思うことはなかったが、ここはまるで外にいるかのように寒い。しかも、ちんと座っていることしかできず、次第に手先や足先の感覚がなくなり、ジンジンと寒さで痺れて痛くなってくる。居室は三畳のスペースに布団と小さな机があり、一畳のスペースに洗面台と、その上に小さな本棚があって、剥き出しの便器が窓の横に腐ったオブジェのようにポツンと置かれている。窓はあるが、少ししか開けることはできず、歪んだ窓枠からピューピューと十二月末の冷たい風が入ってきて、本棚の下のタオル掛けにある、使い古したタオルが時々なびいている。施錠された居室の入口ドアには、半年分のカレンダーが貼られていて、一日一日が過ぎて行くことを教えてくれた。あと数日で二〇一〇年が終わる。きっと、街中は年末ムードで人々が賑わい、盛り上がっていることだろう。しかし、ここだけは別世界のように静まりかえり、ただ時間だけが面白くもなく通り過ぎて行く。寒く、冷たく、まるで氷の世界のようだった。

俺の名前は「3636番」

「けぇーーーん」

刑務官の馬鹿でかい声が廊下に響き渡る。朝の点検時間がやってきた。

「っしつ、んごっ…… っしつ、んごっ……っしつ、んごっ……」

何室、番号、と刑務官が言っているのだが、このようにしか聞こえてこない。その声は、遠くの方から徐々に俺がいる舎房の方へと近づいてくる。背筋を伸ばし、視線は正面を真っ直ぐに見る。指先はピシッと揃えて膝頭に向ける。

「さんぜんろっぴゃくさんじゅうろくばんっ」
刑務官が食器口から、こちらを見ている。俺は前だけを見て、大声で称呼番号を叫んだ。
「っしつ、んごぅっ」これが、ここでの俺の名前だ。

拘置所での一日が始まる。食器の音がカチャカチャと聞こえ、遠くの方の舎房から順番に朝食が配られていく。配っているのは、拘置所に隣接する横浜刑務所の受刑者たちで、拘置所内での配膳や掃除、雑用などを担当する衛生係の者たちだ。要するに刑務官（オヤジ）の使いパシリで、収容者の支給品や購入品の仕分け、図書や洗濯物の配布、経理なども行い、刑務作業の中では多忙で、犯罪者の中でもエリートが選ばれる係だ。拘置所に収監されているほとんどの者が、まだ刑が確定していない未決収容者で、裁判が終わり刑が確定している者たちは順番に分類審査にかけられ、どこの刑務所に行くか決まると移送されていく。

それまでの間、未決、既決の収容者たちは、衛生係の世話になるのだ。世話になると言っても話をすることはなく、ただ物を渡して物を貰う、それだけの関係だ。もし必要なことを話したい時には、衛生係がオヤジに「講談願いますっ」と講談許可を貰う必要がある。

勝手に話をしているところをオヤジに見つかると、衛生係は「調査」となり、懲罰房に入れられてしまう。こちらからも気軽に話しかけたりはしない。

食器口に乱雑に朝食が置かれ、通り過ぎていった。小さな机の上に麦飯と味噌汁とおかずの器を並べ、誰もいない独居房で静かに手を合わせて頂いた。

この独居房から出られるのは、運動と風呂の時間だけで、あとはじっと机の前に座り、読み書きをするしかできない。勝手に立ち上がって体を動かしたり、姿勢を崩してダラけたりしていると、二十分毎にやってくるオヤジの巡回にひっかかり、注意される。注意されて反抗し、暴れたりすると保護房にぶち込まれる。そこでは、革手錠を嵌められ、腹の前と背中で腕を固定される。寝食以外の時間は手錠を外してもらえず、ずっとその体勢で姿勢を正して座っていなければならない。誰もそんなところには行きたくないが、近くの舎房で大声を出して散々暴れた者が、四人の刑務官に羽交い締めにされ、連行されて行く姿を居室の中からチラッと見た。そいつは三日間、この独居房には帰って来なかった。

横浜拘置所で過ごす年末から年始

俺がいる北棟五階は、独居房がズラッと並んでいる。軽犯罪の者や、罪を認めてあまり世間を騒がせていない事件の未決収容者は、南棟の雑居房に収容されている。北棟独居房にいる連中は、事件を否認している者や精神が不安定な者、新聞を賑わす有名事件の者たちが多い。裁判が終わるまでの間、周りからの情報が一切入らないように独居房に収容される。俺がなぜ独居房にいるのか。それはおそらく、事件に田代まさしが絡んでいて、新聞や雑誌等で報道されている有名事件だからだろう。窓の外はコンクリートと空が重なり合い、その境い目の見分けがつかない。どちらも薄汚れた灰色をしていて、その景色からは寒さしか伝わってこなかった。

年末の二十九日から年明け三日までの六日間は、毎日昼食の際にお菓子が支給された。スナック菓子やビスケット、なかでもロッテのチョコパイは、とろけるような美味しさで最高だ。周りの居室からも「ぬぉ〜！　チョコパイだ〜」と声が上がっている。思わず声が出てしまうのも分かるが、すかさずオヤジに注意されたのは言うまでもない。オヤジは普段、担当台という廊下の一角にカウンターを置いた場所にいて、そこから異常がないか収容者たちを監視している。そして二十分おきに、各舎房を歩いて巡回していく。

例えば畳んだ布団が乱れていれば注意されるし、布団の畳み方も決まっていて、定位置に綺麗に揃っていないと注意される。タオル掛けのタオルが乱れていても注意されるし、枕が歪んでいても注意される。タオルは角と角を合わせピシッと揃え、枕はシワを伸ばし、畳んだ布団の上の角に合わせて綺麗に置く。一度タオルを布団の上に置いていると、驚くほどに怒られた。ここでは、すべての物に決まった居場所が定められている。「なんでダメなんですか？」と聞きたくもなるが、そんなことを聞くとさらに怒鳴り散らされるので、誰も口にしない。ただ「はい」と従うことだけが、ここでうまくやっていく過ごし方なのだ。

大晦日は夕食後に年越しそばが出た。それはカップそば麺で、舎房ごとに熱湯が入ったポットも一緒に配られていく。年末ムードを一切感じられずに過ごす拘置所で、熱い汁を飲みながら体を温め、そばを啜っていると「やっと、今年が終わるのか〜」と誰に話すでもなく、口から出てきた。この一年は、まるで何かに取り憑かれたかのように駆けずり回った一年だった。そしていろんなことがありすぎた。その結果、俺は拘置所の独居房という社会から隔離された、身も心も寒い場所に閉じ込められた。

年が明けて二月には四十歳になる。多めにみて八十歳まで生きるとしたら、ちょうど折り返し地点だ。この辺りで一度足を止めてゆっくりと過去を振り返り、未来について考えるのには、とても良い時間なのではないか。きっと神様が与えてくれた、人生にとっての大切な時間なのだ。いつも呑気でプラス思考な俺は、そんな風にしか考えられなかった。

大晦日のラジオから聞こえてきた知り合いの声

居室内では、ラジオ放送が流れている。普段は夕方の二時間、横浜のFM放送が聴けるのだが、大晦日は深夜十二時までラジオ放送を聴くことができた。夕方の二時間とは違い、いろんな曲が流れてくるし、普段聴けない番組が聴ける。俺は布団の中で縮こまり、寒さを凌ぎながら、ラジオ放送に耳を傾けていた。

〝ドゥンドゥンタン、ドッドッドッカン、ドゥンドゥンタン、ドッドッドッカン、ドゥンドゥンタン、ドッドッドッカン、ドゥンドゥンタン、ドッドッドッカン〟

思わず枕から頭が持ち上がって、音に合わせて首を揺らしていた。そして誰かのラップが入ってきた。すかさず体を反転してうつぶせになり、集中して曲に耳を傾けた。

二番手のラッパーが入ってきた。

〝ステイストロング、ステイストロング〟

俺は布団を蹴飛ばし、起き上がった。「シンゴ……シンゴやんけ！」その声は、俺がよく知るＳＨＩＮＧＯ★西成の声だった。

〝弱い弱い人間は弱い、それを理解していることが強い〟

シンゴのリリックが雷の如く全身を貫いた。俺は自分の弱さに気づき、その弱さを理解していただろうか。いや、むしろ弱さに気づかず、強がって生きてきた。自分の弱さ故に薬物に溺れ、ジタバタともがき、アップアップしているのに平気な顔をして一時の快楽を求め続け、素面(しらふ)ではない頭で強がって生きてきた。俺が自分の弱さを理解して強く生きていたら、今こんな場所にいることはなかっただろう。

曲が終わる頃、俺は心を揺さぶられて泣いていた。まさか横浜の拘置所での大晦日の夜に、友人のＳＨＩＮＧＯ★西成の曲が聴けるとは思わなかった。それは、今の俺に負けるな、頑張れ、強く生きろ、と応援してくれているようで、勇気と元気を一気に貰ったような気分だった。

十年程前に、シンゴから電話がかかってきた。携帯電話から耳に伝わるシンゴの声で、かなり真剣で深刻な話だとすぐに気がついた。

「俺、サラリーマンやってきたけど、それ辞めてラップ一本でやって行こうと思うんです。でも実際には悩んでるんですよ。食うて行かなアカンし、クラさんどう思いますか」

こんな電話の内容だった。俺はシンゴの真剣な気持ちに少し圧倒されていた。その頃の俺は、建設会社で働きながら嫁子供を養い、クラブイベントでラップをしたり、曲を創ったりしていただけで〝これ一本で食うて行くぞっ〟という気持ちはなく、〝あわよくば少しでも金になればええかな〟というぐらいにしか考えていなかった。しかし、シンゴは真剣にラップ一本でやって行こうと考えて悩んでいた。

「シンゴ、なんとか食うていけるんやったらラップ一本でやって行ったらええんちゃうか。難しいし大変やと思うけど、真剣に悩んでるぐらいやったらやった方がええんちゃうか」

俺は、シンゴのヒップホップに対する真剣な思いに感動して、応援するつもりでそう答えていた。

あれから十年、俺は横浜拘置所の独居房で、寒さに耐えながら聴いていたラジオ放送から、ラップをするシンゴの声を聞いた。ストレートなメッセージが心に刺さり、その傷口からリリックが入り込んで全身を回り、脳を刺激している。シンゴは、あの頃の真剣な悩みを解消し、ヒップホップ街道を突き進み、横浜のＦＭ放送で自身が参加した曲がかけられるほどに駆け登っていた。俺は勇気と元気を貰ったが、その反面、間もなく刑務所に堕ちていく自分と比較して、情けない気持ちでいっぱいになった。

元日の朝を迎えたが、〝明けましておめでとう〟と挨拶をする人もいなければ、挨拶する人の声も聞こえてこない。周りはシーンと静まり返り、時々オヤジの足音らしきものだけが遠くから響いてくる。

「けぇーーーん、しつんごっ、しつんごっ、しつんごっ、しつんごっ」

いつもと変わらずオヤジのバカでかい声で一日が始まっていく。〝明けましておめでとう〟と一人で呟き、新たな一年が幕を開けた。

二〇一一年、新年一発目の第一声が「さんぜんろっぴゃくさんじゅうろくばんっ」だった。

昼食時には、お節料理が出された。とても豪華な弁当で海老や魚、数の子や昆布巻が入っていて美味しい。紅白餅も出された。寒い独居房で一人で迎えた正月だが、雰囲気だけはわずかに味わうことができた。年末二十九日から新年三が日の間は、この独居房から一歩も外に出ることができなかった。おそらく刑務官たちのほとんどが正月休みで、当番の刑務官が出勤しているだけなのだろう。風呂や運動といった、独居房にいる俺たちの最高のひと時は、おあずけだった。

求刑十五年でうれしそうな人

耳と足先が、しもやけでジンジンと痒い。一月末の横浜拘置所は極寒だ。午後に射し込んでくる日差しは、今は目の前の茶色く擦り切れた畳をジワジワと占領し、間もなく俺のいるところまで辿り着きそうだ。緩やかで暖かなこの時間に読書をするのは、すごく贅沢なことだと思う。世の中の労働者たちは、朝から晩まで働き、ひたすらストレスを抱えている。そんな時間に俺は、一人静かに小説の中にトリップして楽しんでいる。今の俺にとって文庫本は最高のドラッグだ。本を開いて活字を追いかけていると、無心になっていく。そして徐々に、その小説の世界にハマり込み、没頭していく。活字の集合体は風景を描き、頭の中で一枚の絵となって浮かび上がる。頭の中に写し出される一枚の絵は、少しずつ動きを見せて映像となる。

ページをめくるたびに、物語は映像と共に進行していく。そうなってくるとやめられない。この先にある見ず知らずのシーンを見たくて、知りたくて、ページをめくり続ける。時間は、あっという間に過ぎ去っていく。いつしか俺は、独居房での寂しくて辛い生活を、楽しくて心地良い生活へと変化させることに成功していた。

「しゅしつっ」

各居室の鍵が開けられていく。いきなりドアがガチャンと開いた。

「さんぜんろっぴゃくさんじゅうろくばんっ、出まぁす」

運動の時間だ。廊下にみなが揃うと、整列して屋上へと向かって歩いていく。雨の日は居室での運動となるが、天気の良い日は外に出る。外と言っても屋上だが、広い空が見えて、とても心地良い。屋上には、鉄柵と金網で囲われた4メートル四方ぐらいの大きな鳥カゴのようなスペースがいくつかあり、そこに二、三名ずつ放り込まれていく。鳥カゴには、しっかりと鍵がかけられ、二十分から三十分ぐらい自由に運動することができる。本気で筋トレをする者、ひたすら歩き回る者、他の者と話をする者、ここでは講談が許されている。オヤジから爪切りを借りて、爪を切ることもできた。そんな鳥カゴの中で、会話をするのは楽しみの一つだ。普段誰とも話すこともなく、独居房で一人静かに過ごす者たちにとって、会話はストレス発散となり、お互いを励ましあったり不安を取り除いたりすることができる唯一の時間となる。

毎回、同じ者たちが鳥カゴに入れられる訳ではない。ローテーションで入れ替わっていくが、前回と同じ者と一緒に運動をすることもある。しかし、今日は初めて見る顔が鳥カゴの中にあった。一人は痩せた初老の人で、なぜか刑務服を着ている。ここにいる者たちは、まだ刑が確定していない未決収容者なので私服を着ているが、この人だけは刑務服を着ていた。薄着なので、とても寒そうだ。もう一人はガタイの良い兄ちゃんで、この寒い日に短パンで元気に運動をしている。ふくらはぎには筋彫りで、龍の刺青が入っていた。

俺は、爪を切りながら二人に「おはようございます」と挨拶をしたが、初老の人は無視をして、ぼんやりと空を眺めている。兄ちゃんは、手足を開いたり閉じたりして飛び跳ねながら、元気良く「おはようございます」と言って、鼻水を垂らしている。なんだかとても楽しそうで、子供のように飛び跳ね続けている。

「いやぁ〜、うれしいっすよ」

鼻水を垂れ流したまま、それを気にすることなく笑顔で言った。関西弁だ。

「どうしたんですか？」

まだ飛び跳ねている。ちょっと精神的にヤバい系なのかもしれない。

「いやぁ〜、一年以上ずっと運動も一人やったんで。ここに来てから面会以外で他の人と会うの初めてなんすよ」

「えっ！　ずっと一人？」

「はい。それと、裁判で無期やと思ってたら求刑十五年で、うれしくてうれしくて」

「ムキ！　ジュウゴネン!?」

無期が十五年になって大喜びをしている。俺なんか三年か四年か五年か、と絶望したかのように物語ってきたが、そんなもの、この兄ちゃんに比べたらションベン刑どころかチンカス刑だ。自分の罪が、ちっぽけすぎて恥ずかしく思えてきた。

「自分、殺人の共犯で、主犯が二人殺ってもうたんです」

この兄ちゃんは、バラバラ殺人事件の共犯者だった。主犯は生きたままの人間を、チェーンソーで首を切断して殺してしまったという。

「なんで、殺してもうたん」

初老の人は、鳥カゴの端の方で空をずっと見ている。オヤジもいない。俺たちは、周りを気にせずに話をすることができた。

「まさか、殺すなんて思ってなかったんすよ」

ある日、姫路少年刑務所で知り合った友人から連絡があり、金になる仕事があると話を持ちかけられた。シャブ以外の仕事なら引き受けてもいいと返事をして、関西の地元の連中と東京に向かった。仕事の内容は、タタキ（強盗）ということだった。ある店に強盗に入るのだ。その店では、闇でシャブを扱っているので、タタキに入っても警察は出てこない。店の人間を脅して、なんなら殴りつけて、店にある金をすべてかっさらっていく。ただそれだけの仕事のはずだった。東京で友人から、この計画に参加する者を紹介された。それが主犯の男だった。

店の金を奪い、店の人間二人をホテルに監禁し、気がつけば主犯が風呂場で二人を殺していた。結局シャブの利権でトラブルになっていたと、彼は後から知ったのだと言う。

「それ、殺すの止められなかったんですか」

「一瞬やったし、めちゃくちゃ怖かったんすよ。止められるような状況じゃなかったです」

「二人も殺してるのに、ホテルの人とか周りの人も気づかなかったんですか」

「人が死ぬ時って、静かなんすよ。叫んだりしない。チェーンソーの音だけ鳴り響いてました。それも一瞬です」

彼は、二人ぐらいなら軽く殴り殺してしまいそうな貫禄があるが、実際の殺人の現場では怖くて、その行為を止めることさえできなかったのだろう。バラバラになった二人分の死体を袋に詰め込み、海や山に投げ捨てた。強盗致死、死体遺棄、逮捕・監禁の罪で、ここに放り込まれた。裁判までの一年以上を、面会以外誰とも話をすることなく、ここで過ごしてきたという。

「あのおっさん、たぶん死刑囚ですよ」

兄ちゃんが顎で、初老の人の方を指して言った。

「えっ！　ほんまに？」

小声で言って、顎の指す方を見た。初老の人は、空の向こうに何があるのか探すかのように、ずっと空の一点を眺めている。

「刑務服着てるでしょ。長いことといて服ないんすよ、たぶん」

「死刑囚おるんや、ここに」

この時初めて知った。死刑囚は刑が執行されるまでの間、拘置所で死ぬまでの一生を過ごすことになる。

「うちの主犯も、ここの三階にいるんすよ」

「なんで知ってんの？」

「手紙でやりとりしてますから」

「そうなんや。おとなしくしてるの？」

「おとなしいどころか、手紙の文面が神様仏様みたいな感じなんですよ」

人間二人を殺して、おそらく自分は死刑になる。懺悔の日々を繰り返し、自分の死を受け入れ、苦しい日々を通り過ぎ、覚悟へと変わり、達観してしまうのだろうか。

「で、兄さんは何したんですか？」

軽く足踏みをしながら尋ねてきた。

俺は、自分のあまりにもショボい罪に恥ずかしさを感じていたが、ここまで話してくれたのに言わない訳にはいかない。

「シャブをね、ちょっといじってね、捌いてアウトです」

この屋上から見えるグラウンドを見下ろすと、横浜刑務所の受刑者たちが、大きな掛け声を出して行進していた。

初めての覚醒剤は十七歳の時

裁判の朝、刑務官から髭剃りを渡された。充電式で、落とすとバラバラになりそうなぐらいちゃちな物だ。窓の外は雲一つなく、空が晴れ渡っている。俺は、なかなか綺麗に剃れない髭剃りを何度も顎にあて、滑らせ続けた。少しの剃り残しもなく、綺麗に剃ることができれば執行猶予になると願をかけ、小さくてぼやけて見える鏡を睨んだ。

裁判所に向かう護送車の中からは、久しぶりに見る世間が、テレビ映像のように親しみがなく、よそよそしく流れていく。嵌められた手錠はズシリと重く感じられ、権力に束縛された手元で、時々カチャカチャと音が鳴っていた。車内には、俺の他にも数名の被疑者が乗っているのだが、誰も一言も話さない。静まりかえった車内から、移り行く景色を眺めていると、もう二度とこの景色は見られないのじゃないだろうかと、不安な気持ちにさせられた。

裁判所に着くと、人が一人座れるほどの狭い箱に閉じ込められた。そこには椅子と机があり、有り難い言葉がたくさん敷き詰められた本が、机の上に一冊だけ置かれていた。一瞬開いたが読む気になれず、すぐに閉じた。目を閉じると、先日の最初の裁判の光景が蘇ってくる。検事は皺一つないスーツを着て、厳しい表情で求刑四年が相当だと言い放った。静まりかえった法廷に入った時から無音だった世界が、急に聴覚を取り戻し〝求刑四年〟という部分だけが耳から身体に入り込み、頭の中でグルグルと回り出した。それはショックというより「なるほどなぁ」というぐらいの感覚でしか受け取っていなかったのだが、いつまで経っても頭から離れなかった。求刑四年というと、ほぼ確実に実刑判決になるはずだ。求刑三年以下だと執行猶予も有り得ると聞いたことがあった。しかし、それが本当かどうかは分からない。そんな話は適当に犯罪者たちが決めた基準で、検察庁のブタ箱で仕入れた頼りない情報だった。

腰縄・手錠を嵌められて、刑務官二人に両脇を挟まれてエレベーターに乗った。今いる場所が何階で、これから行く法廷が何階なのかは、まったく分からなかった。

「今日、判決だな。求刑いくつもらったんだ？」腰縄を持った刑務官が、気軽に話しかけてきた。

「はい。四年です」俺は階数表示の数字を見ながら答えた。

「四年か、きびしいなぁ」

その言葉を聞いて、何が厳しいのか一瞬考えた。執行猶予は厳しいということだろうか。

「執行猶予はないですかね？」

軽い気持ちで聞いた。

「どうだろうな。裁判官が決めることだからなぁ」

エレベーターの扉が開いて、ゆっくりと通路を歩いて行った。とても静かで明るく、人の姿は他に見えない。法廷に入る扉の前に立たされてしばらく待った。

「よけいなことは話さず、聞かれたことにちゃんと答えるんだ。いいな」

「はい」

「入廷したらワッパは外すから、大人しくしてるんだぞ」

「はい」

扉が開かれた。天井が高く、入って右側が雛壇のようになっている。そこに涼やかな顔をした裁判官や事務官たちが広い間隔をおいて座っている。左側が傍聴席で、ほとんどの席が人で埋まっているように見えた。刑務官に腰縄・手錠を外されて、静かに着席した。両脇には刑務官が座っている。もう一度傍聴席を見ると、一番前の席に、アダチくんと五歳になる息子のシンくんがいた。シンくんと目が合ってしまった。

「うわっ、つかまっとるやんけ！」

無邪気なシンくんの声が法廷内に響き渡った。

それまで緊張感に包まれていた法廷内が一瞬和(なご)んで、傍聴席は堪えるような笑いに包まれた。アダチくんは、笑いながらシンくんに静かにするように諭している。俺も笑いを堪えることができずに少し笑ってしまった。横では、さっき話をした刑務官の肩が、少し揺れているのが俺の肩に伝わってくる。

アダチくんは俺より一つ上で、小学生の頃には近くに住んでいて、よく一緒に走り回って遊んでいた。高学年になると、アダチくんは隣町に引っ越しをして会わなくなったが、中学生になって再会すると、髪は金髪で、亜無亜危異（アナーキー）と胸ポケットに刺繍の入った特攻服を着て、俺たちが溜まっている公園に姿を現すようになった。隣の中学の不良になっていた。

その頃の不良のスタイルは、マンガの世界から飛び出してきたような格好で、特にアダチくんのいる隣の中学には、髪はアフロ、パンチ、モヒカン、金髪。学生服は、長ラン、短ランにボンタン、ドカン（ダボダボで太いズボン）を穿いていて、長ランのように足首辺りまで丈があるカッターシャツを着ている者もいた。俺の中学と、アダチくんの中学とは、友好関係にあって、よく一緒に悪さをした。小学生の頃、一緒に家の近くを走り回っていた俺たちは、中学を卒業する頃にはバイクにまたがり、そこらじゅうを集団で暴走するようになっていた。

俺が最初にシャブを経験したのは十七歳の時で、今でも鮮明に覚えている。地元の先輩たちは、シンナーから移行して、シャブに手を出している者がいた。その先輩たちは、ヤクザの先輩からシャブを仕入れ、小分けにして仲間たちに売り捌いていた。

「おい、はよせぇや、いくぞ」

ヨウパンくんは、隣の中学出身の一個上の先輩で、シャブが効いて四六時中テンパっている。頭はパンチパーマが伸びてボサボサで、何日も同じ服を着ていた。凶暴な人ではないが、いつもトラブルに巻き込まれているので、付き合いはほどほどにしていた。

「はい……、ちゅーか、こっちが言いたいっすよ、それは」

「なにぃ〜」

青筋をたてて怒っている。

「部屋の端から端まで捜索して、カスみたいなシャブは見つかりましたん？」

この先輩は、絨毯の細かい毛の間を耳かきで一つずつ掻き分け、五時間ほどカスみたいなシャブを探し続けていたのだ。その姿は芋虫のようで、こうはなりたくないという手本を見せてくれていた。

「やかましっ、いくどっ」

「はい、はい」

団地のドアをガッチャンと閉めて、駐車場に向かって歩いていく。この辺りは大阪でも北の方に位置し、山が近いので寒い。年末の梅田のバーゲンセールで後輩たちがパクってきた革ジャンの襟を立てて、シルバーのダットラに乗り込んだ。エンジンをかけて走り出すと爆音が響き、大声で話さないと何も聞こえない。警察に見つかるとすぐに止められそうな車だが、気にせず乗り回していた。どうせ裏道を使って逃げるのだから関係ない。

「バクちゃんとこや、裏道でいけよ」タバコに火をつけて、ヨウパンくんが叫ぶように言った。

バクさんは、北大阪では有名な不良で、歳は俺の四つ上だ。この頃にはヤクザと繋がっていて、すでに盃をもらっていたのかもしれない。俺たちがバイクで暴走をする時には、よく車で後に付いいてくれて、ケツモチをしてくれていた。

「りょーかいっ」

俺も負けずに叫んで答えた。

バクさんの住む団地に到着して車から降りると、買い物帰りのオバハンがじっとこっちを見ている。ヨウパンくんがオバハンの方に向かって唾を吐くと、慌てて去って行った。

階段を勢いよく上って、二階のバクさんの部屋のドアをノックした。

「おう、あがれや」

ダットラのエンジン音で到着は承知だ。怒鳴るような声だけが聞こえてきた。

「失礼しま〜す」

ヨウパンくんと俺はドアを開け、部屋の中へと入っていった。部屋は整理整頓されていて、とても綺麗だ。余計な物が一切なく、物がなさすぎて殺風景なほどだった。バクさんは上下真っ白でゆったりとした肌着のような服を着て、窓を雑巾で拭いていた。

「おう、てきとうに座れや」

バクさんは振り向きもせずに、まるで自分の身体の悪の部分を雑巾で磨きあげ、さらに拍車をかけるかのように、懸命に窓を磨き続けている。

「おい、止めんかいっ、ずっと窓拭きしとるやないかいっ」

バクさんが、勢いよく振り返った。その目は、ギンギンギラギラ不良の星だった。

「バクちゃん、真剣ですやん」

困ったような顔をしてヨウパンくんが言った。ヨウパンくんは、バクさんのことをちゃん付けで呼んでいるが、心底恐れているし、尊敬している。

「もうええ、しなもん取りに来たんやろ」

窺うような目は、冷気と鋭さが交じり一寸の隙もない。

「はい、いけますか」

ヨウパンくんは、急にオドオドしだした。

「ええけど、後で配達回ってくれ」

「はい。もちろん行きます」

バクさんは簞笥の裏から封筒を出して、そこからシャブの入ったパケをいくつか取り出して、ヨウパンくんに放り投げた。ヨウパンくんは、慌ててパケを掻き集めて中を確かめている。

「ぴったり入ってるから抜くなよ。抜いたらえらい目あうど。一個おまえのや、好きにせえ」バクさんは、注射器をバラバラと投げた。

「すんません、バクちゃん」

ヨウパンくんは、早速一発ぶち込もうと用意しだした。急いで台所に行って、コップに水を注いでいる。

「おまえ、ヨウパンと一緒におっておもろいか」

バクさんが、俺に聞いてきた。

「時々、面白いですよ。時々、困りますけど」

バクさんは笑ったが、目の奥は全然笑っていなかった。

「あいつとおったらパクられんぞ」

「ぶっちぎって逃げますわ」

バクさんは、楽しそうに笑っている。

「おまえは、シャブ食わんのか」からかうように言ってきた。

「まだやったことないんすよ。バクさん、一発もらっていいすか」

バクさんは、今度は本気で笑いだした。

「おまえおもろいのぅ、よっしゃ、ヨウパン、そっちでコソコソせんと水持ってこっち来い」

バクさんは、手際よく三角に折って折り目をつけた四角い小さな紙の上に、パケからシャブをサラサラと少しだけ落とした。小さな紙を慎重に三角にしてトントンとシャブを揃えて、注射器の中へ落としていく。グラスに入った水を針の先で少し吸い込み、注射器の針を上に向けて、人差し指で注射器を何度も弾いた。目を凝らしてちゃんとシャブが水に溶けたか確認すると、注射器の針を上に向けたまま、慎重に空気だけを押し出した。針の先から二滴ほど滴り落ちてくる。

「ようし、準備完了や。腕出せっ」

俺は革ジャンを脱いで、シャツの袖をまくりあげ、左腕をバクさんに預けた。なんの躊躇もなく、いきなりプツッと血管にすんなりと針が入り、注射器の中に俺の血がドロッと入り込んで、シャブで白く濁った液体を赤い血が占領していく。血と液体が混ざり合っていくと、スッと注射器の中身を押し込んで、サッと針を抜いた。急に息が荒くなり、頭の中でブーンと音がしたかと思うと、俺は無意識のうちに立ち上がって「うぉ〜」と叫んでいた。すぐさま、バクさんとヨウパンくんに取り押さえられた。取り押さえられても息が荒く、興奮状態にあって、暴れたい衝動が抑えられない。俺は荒い息が落ち着くまでの間、二人に捻じ伏せられていた。五分ぐらいすると、やっと落ち着いてきた。

「大丈夫か？」

俺の腕を押さえているヨウパンくんが聞いてきた。

「なんですのん、これっ」

声を出すと首に力が入り、耳の下あたりがプルプルとした。寒い朝に小便をした後、寒気で体がプルプルっとする感じに似ている。

「これが、シャブや！　人間やめますか？　それとも覚醒剤やめますか？」

笑いながらバクさんが言った。

刑が確定する

気がつくと、裁判官が「被告人は証言台の前へ」と、俺に言っていた。俺は証言台の前に立った。

「判決を言い渡します。懲役三年」

舎房に戻ると、今日の裁判の光景が何度もフラッシュバックしてくる。シンくんの声、アダチくんの困ったような笑顔、判決を言い渡されて退廷する時に見た、弟と親父の心配そうな顔。手のひらで顔を擦(こす)って、目を覚ます。その時に気がついた。頬に一本だけ長い髭が剃り残されていた。

刑が確定した俺は、二月の末に南棟の雑居房へと転居することになった。結局、北棟の独居房に二ヶ月ほどいたことになる。これから刑が確定した他の受刑者たちとの共同生活が始まる。さて、どんな奴らがいるのか。不思議と嫌な気持ちや不安はなかった。

舎房に着くと他の受刑者に挨拶を済ませて、自分の荷物を決められた自分の居場所に置いた。そこは居室の奥のトイレのすぐ横だった。廊下側から一番席、その向かい側が二番席、奥に向かって一番席の隣に三番席、二番席の隣に四番席、三番席の隣に五番席、四番席の隣に末席がある。新人の俺は、末席だ。自分の居場所の壁側に荷物を置き、その壁に設置されている本棚に本を並べていると声をかけられた。

「文庫本ばかりですね。小説ですか」

隣りの者が、にっこりとして言った。

「はい。僕の精神安定剤です」

少し笑いながら答えた。同房者たちの棚を見ると、雑誌が多いようだった。

「ここでは本を読むか、将棋をするかしか娯楽はないですからね」

「将棋あるんですね」

「オヤジにバレないように、お菓子を賭けてやりますよ」

知的な眼鏡を指で持ち上げて言った。目は鋭く、賢そうだ。

「お菓子ですか、本気の勝負になりそうですね」

周りを見ると、みんなこっちを見ている。

受刑者たちには月に一度、５００円分ぐらいのお菓子が支給される。その一部を少しずつ賭けて将棋で勝負するらしい。月に一度のイベントになっているという。

「将棋できますか？」

鋭い目で探るように言ってきた。

「できますけど、弱いんですよ。お菓子全部なくなってしまいますよ」

みんなが会話に注目して、笑っている。

「どんな本を読んでるんですか？」

棚に並べた本を見ている。

「え〜っと、大沢在昌、大藪春彦、馳星周、村上龍、誉田哲也、伊坂幸太郎、宮部みゆき……」

俺は、棚の端から作家の名前を読んでいった。

「ほーう、いいですね。自分も結構あるんですよ」と言って、嬉しそうにキャリーバッグのチャックを開いた。

受刑者たちには、荷物収納用に布製のキャリーバッグが一つ貸し出されている。そのキャリーバッグの中には、文庫本がぎっしりと詰まっていた。ここでは本の購入日があり、購入用紙に作者名、タイトル、出版社名を書いて提出すれば、本を買うことができる。

「うわっ、すごいすね」本の数に正直驚いた。

「気に入ったのあれば貸しますよ。オヤジにバレるとマズイですけど」

優しい目になって言ってくれた。

「ありがとうございます。自分のも良ければ読んでください」

本棚を指して言った。

「あっ、そうそう。精力安定剤もちゃんとありますよ！」と言って俺は、エロ本三冊をキャリーバッグから取り出して、皆さんに見えるように広げてみた。みんな爆笑している。

掴みはオッケーだった。

「はいしょーく」

刑務官の声が聞こえてきた。

みんな自分の机を居室の真ん中に置いて、それぞれの机を繋ぎ合わせる。備え付けの皿やコップ、箸を出して、夕食の用意をしだした。俺も手伝おうとすると、最初は見ていてくださいと言われたので、机の前に座って流れを見る。カチャカチャと食器の音が聞こえてきて、居室入り口の横の小さな食器口に夕食が置かれていく。人数分の麦飯と汁物、おかずは大きい器にひとまとめにして人数分入っている。それを一番席と二番席が人数分に取り分け、三番席が多い少ないを判断している。みんなが平等に同じぐらいの内容と量が食べられるように、できるだけ均等に分けていく。それがここのルールになっているようだ。

「へ～、そうやって取り分けるんですね」

目の前に置かれたおかずの内容量を確認しながら言った。

「えっ、ここに来る前は違ったんですか？」

一番席が手を止めて聞いてきた。

「ええ。ずっと独居でしたからね」

みんなの手が止まり、こっちを見ているので俺は戸惑った。

「ずっと独居だったんですか？」

二番席が驚いた表情で言ってきた。

「はい。寒かったですよ〜、人がいる部屋はあったかいですね〜。ほら、これ霜焼けです」

耳を見せた。

「この時代に霜焼けは、なかなかないですよ」

四番席が自分の耳たぶを引っ張りながら言った。

「そうですよね〜、めっちゃ痒いです」

みんなで手を合わせて「頂きます」をして、夕食を食べ始めた。食事中は、誰も話さないので講談禁止のようだ。オヤジが廊下を行ったり来たりして巡回している。食事を終えた者から「頂きました」と言って、使った食器を洗面流し台に持っていく。麦飯の入っていたモッソウと呼ばれる器と汁物の器、おかずの入っていた大きな器などを食器口に置いて、みんなが食事を終えるのを黙って待っている。全員が食事を終えると机を拭き、洗面流し台で取皿や箸を洗っていく。俺は率先して洗い物に手をつけた。

「夕食の時は、講談禁止なんですか？」

俺はスポンジでみんなの食器を洗いながら、横で食器を濯いでくれている五番席に聞いた。

「禁止です。しゃべってるとシャリアゲしてると思われますよ」

「シャリアゲ？　なんですか、それ」

「食事を取り上げることです」

「あぁ、飯、シャリを取り上げるでシャリアゲですか」

「そうです。だから食事中は、オヤジがずっと回ってるんですよ」

「けっこうあるんですか？」

「あるとこは、あるみたいですね」

「バレると、やっぱり調査でしょ」

「即刻、引っ張られて行きますよ」

洗い物を終えて、拭きあげていく。

「ところで、なんでずっと独居だったんですか？　否認してたとか？」

皿を拭きながら、様子を窺うように聞いてきた。

「否認してた訳じゃないんですけどね。なぜか、独居でした」

箸を一本ずつ丁寧に拭きながら少し考えた。

俺は逮捕からこれまでの間、自分の事件はシャブの営利だと言ってきたが、事件に田代まさしが絡んでいるとは一言も口にしたことがなかった。別にわざわざ言うことでもないし、言うといろいろ質問されそうで、それが面倒だと思っていた。しかし今は違う。なんだか無性に言いたくなってきた。ずっと独居房で寒さに震えながら二ヶ月を過ごした。それに比べてここは、暖かい。みんな何かの罪を犯して収容されている犯罪者たちだが、人がいて言葉を交わすことができるだけで、こんなにも温もりを感じられるのかと驚いた。全部話して盛り上がれるのなら、それで良いのではないかと思えてきた。

「将棋でもしますか？」

四番席が、眼鏡を衣服の裾で拭きながら言ってきた。

「ほんとに弱いですよ」

遠慮しながら言った。正直、将棋のルールを知っているぐらいで、戦略などにはまったくの無知だった。

「いいんですよ。こうやって膝を突き合わせるのが良いんです」

俺は、四番席と将棋盤を挟んで向かい合わせに座った。

先にどうぞと言われ、飛車の前の歩を進めた。すると、すぐに駒を進めてくる。少し考えて、さっきの歩を進めた。またすぐに駒を進めてくる。まるで作戦は事前に考えていて、こう来たらこう行くという戦略が、頭の中で組み立てられているかのようだ。将棋盤を見つめて少し考えていると、四番席が言った。

「慎重ですね」

その言葉に反応して四番席の表情を見ると、こっちを見て少し笑っている。

「ずいぶん手が早いですね」

俺は将棋盤を見つめながら聞いた。

「早いですよ。すぐに人も殴っちゃいますからね」

少しのためらいもなく、駒を進めながら言う。

「後のことも考えて殴らないと、大変なことになりますよ」

俺は飛車を動かして攻めていくことにした。

「そうですね。結果、自分はここにいるんですけどね」

「すると、傷害ですか」

「闇金と傷害で」

中華料理店でチャーハンと餃子を頼むように言った。

「貸金業法違反と傷害ですか。組織犯罪は付かなかったんですか」

俺は探りを入れてみた。組犯が付いているとヤクザと繋がりがあることが多いし、組織的に闇金をやっていたことになる。

「それは付かなかったんですよ。三人でこぢんまりとやってましたからね。もちろんバックにケツモチはいましたけど」

バックのケツモチはヤクザだ。とすると、ヤクザ組織に属していないフリーの不良ということになる。今の時代、わざわざ自分からヤクザになる者はいない。暴対法の制度も改正され、ヤクザ組織に属しているだけで不自由なことが多い。自分名義で部屋を借りられないし、銀行口座も作れない。それに何かの事件に関わり、逮捕されて起訴されれば、判決は一般の判例の一・五倍になる。不良たちはヤクザ組織に属しているだけで大損することになるのだ。だから悪党たちはヤクザ組織に属さず、都合よく繋がりだけを持って、お互いが利用し合う関係を作っていく。それが一番賢いやり方なのだ。ヤクザ組織に属している連中は、自分が動くと不利になる案件を、交友のある不良や悪党たちに情報を流して動いてもらい、表に出ないようにする。一方で不良や悪党たちは、ヤクザ組織と社会との間に入り込み、利益を得る。得た利益は、自然とヤクザ組織にも流れていく。簡単な構造になっている。

「じゃあ、三、四年うたれましたか」

「三年六月です」

四番席は、珍しく手を止めて考えている。そして駒を進めてこちらを見た。

「で、何して、こちらに？」

眼鏡を指でサッと持ち上げながら聞いてきた。

これが挨拶のようだ。自分の罪名と懲役何年かを言って、やっと会話が弾んでいくのだろう。

「シャブの営利で三年うたれました」

だいぶ駒に動きが出てきた将棋盤の上を見ながら答えた。

同房者たちは徐々に近づいてきて、今では将棋盤をみんなで囲むような形になっている。

「シャブですか。ここにいる、彼もシャブですよ」と言って、三番席の方を見た。

三番席は、仲間が来たとばかりに前のめりになって、こっちを見ている。そして口を開いた。

「良いネタありましたか？　自分パクられる寸前なんて、ろくなもんじゃなかったですよ」

ずいぶん興奮している。シャブを思い出しているのだろう。

「どうですかね。良いネタだったと思いますよ。マーシーがあんな風になっちゃいましたからね」

「えっ！　え〜〜〜っ！！！」全員が合唱した。

この時、俺が入居して初めて、雑居房は一つになった。

俺のニュースを見られていた

刑が確定して雑居房に移ると、刑務作業を始めることになる。作業に入る前に遵守事項を覚えて暗唱して、刑務官から公認を貰わないと作業に入ることができない。俺は十項目ぐらいある遵守事項を覚えて暗唱するまでに、二日かかった。作業中の講談は許されていない。作業内容などで講談が必要な時は「講談願います」と声を張り上げ、刑務官から許可を貰わないと話をすることはできない。許可を貰わずに勝手に話をしているのがバレると、引っ張られて調査となり、場合によれば懲罰房に入れられてしまう。

作業許可が出た俺は、一番席から作業手順を習い、次から次へと紙袋を作っていった。どこかの店の紙袋や、病院で貰う薬袋、いろんな袋を手順どおりに折り、紙袋を完成させる。1ミリずれると袋の大きさや形が変わる。そうならないように真剣に作りあげる。作業に没頭していくと、だんだんハイになる。もっと正確に、もっと綺麗に、もっと効率的に。とても気持ちが良い。

運動の時間は、ずっと居室の中で生活をしている俺たちにとっては良い息抜きだ。

「ばんご〜う」

刑務官の声が中庭に響き渡る。

「いちっ、にぃ、さん、しぃ、ごっ、ろくっ、ななぁ〜」

「まて〜、ななじゃない、しちだ、しちっ」

刑務官が厳しい顔をして怒鳴った。

受刑者たちは少し笑っている。「しちっ」とくるところを「ななぁ〜」と間抜けな声で叫ばれると当然笑う者もいる。

「誰だぁ、笑ってる者は」刑務官は、犯人を捜すように受刑者たちを睨み回していく。

「ばんご〜う」

「いちっ、にぃ、さん、しぃ、ごっ、ろくっ、しちっ、はちっ、きゅ〜ぅ」

受刑者たちの中には吹き出して笑っている者もいる。

「きさまっ、ふざけてるのかっ、きゅ〜ぅじゃない、くぅだ」

激怒している。

「失礼しましたっ、気をつけます」

きゅ〜ぅと言った者が、大声で謝っている。

受刑者たちが、罰ゲーム的に面白がってわざと言っているのだ。「くぅ」とくるところで「きゅ〜ぅ」といきなりきたら、笑いを堪えるのに苦労する。ふざけた奴らは、ここで少しでも楽しもうと根性試しをして挑むのだ。本当にくだらないと思うのだが、緊張感のあるこの場面で、これをされるとたまったものじゃない。下手をすると調査になりかねないのに、バカな奴は、どこにいてもバカなことを思いついて実行する。

運動場では、受刑者たちが反時計回りに歩いたり走ったりしている。寒空の下、少しでも体を暖めようと動き続けている。

特に知人もいない俺は、同房の連中と冗談を言いながら、端の方をゆっくりと歩いていた。すると、背の低いおっさんが近寄ってきて、声をかけられた。

「兄さん、あれでしょ。マーシーのあれでしょ」

ちっこいおっさんが、小声で言ってきた。

顔を見ると、小狡そうな野良猫のようで、贅肉がなく、老いた軽量級のボクサーのようだ。歳は五十半ばぐらいだろうか。俺が返答に困っていると、同房者が言った。

「先輩、なんですか、いきなり」

「いや〜さぁ、兄さんのニュースをテレビで見たもんだからさぁ」

ちっこいおっさんは、舌足らずな口調で早口で言った。

「ほう、ニュースで見たんですか」

俺は驚いて聞いた。

「そうよ、あっちにいる連中と言ってたんだよ」

おっさんが指を差して言った。

見ると、爪切り場にある木の棒の腰掛けに座っている連中が、こっちを見ていた。ペコッと頭を下げてくる若い者もいる。

「へ〜、自分はそのニュース見てないんですよ」

「俺ぁさぁ、横浜西口でやってんだ」

自慢気に、親指で自分の鼻を指して言ってきた。

「へ～、で、何を？」とぼけてみた。

「困っちゃうな～、売人だよ、売人」

おっさんは、親指と人差し指を擦り合わせる仕草をした。

これは、立ちんぼの売人が客に対してやる仕草で、この合図で売人と分かるし、この合図で寄ってくる者は客だとすぐに分かるのだ。おっさんは、ずっと指を擦り合わせて歩いている。俺はビリー・ジーンを歌うマイケル・ジャクソンを思いだして笑った。

「兄さん、何笑ってんの？」少し怒っているようだ。

「いや～、マイケル・ジャクソンを思い出してね」

「はぁ～!?　兄さん、頼むよ」

おっさんは、俺たちの舎房の一団に交ざり込むことに成功し、一緒に歩いている。この一団が爪切り場の前を通り過ぎていくと、数人が合流してきた。

「兄さん、こっちのおやっさんは有名な人なんだ」

ちっこいおっさんが、合流してきた貫禄のあるオヤジを紹介してきた。顔は濃く、一つ一つのパーツがはっきりとしている。〝こち亀〟の両津勘吉を色黒にしたような感じだ。

背は俺と同じぐらいだから175センチ前後か。年は六十歳ぐらいに見える。

「どうも」

軽く両津勘吉に挨拶をした。

「すまないね。このまま歩いてちょっと話をしよう」

勘吉は、真っ直ぐ前を見て言った。

斜め後ろには、若いのが一人付いている。背が高くてガタイが良く、まるでボディガードをする舎弟のようだ。俺がチラッと見ると、こっちをジッと睨んでいる。その目には、何かあったらすぐに行くぞっという殺気のようなものが感じられた。

勘吉の向こうには、ちっこいおっさんがピタッと付いている。俺の左横には四番席がいて、後ろには同房の者たちが付いてきていた。ここで何かが起こるわけではないだろうが、俺は少し気を張った。運動場の端を見ると、刑務官がずっとこっちを見ている。俺と勘吉は、簡単に自己紹介をした。

「兄さん、ニュース見ましたよ。派手に報道されましたね」

こっちを見ずに、前を向いて勘吉が言った。その言葉は丁寧で、ゆっくりとはっきりと聞こえてくる。

「はい。そのようですね」俺も前を向いて話すことにした。

「この世界では、少し有名人になったようだ」

少し言葉が砕けて、親しみが湧いてくる。

「そうですか」

勘吉を見ると、前を向いて微笑んでいる。

「そりゃそうさ、〝田代まさしの売人逮捕〟シャブ中や売人が騒いでるよ」

勘吉は、太陽の光に目を細めながら言った。

「いや、ほんま、ヘタをうちました」

空に向かって言った。

「こんな稼業に就いてると、懲役は付き物だからね。遠足気分でやってきますよ」

勘吉は隣のチビおっさんに「なぁ」と言って、背中を二度叩いた。チビおっさんは「遠足にしちゃ〜なかなか家に帰れないんだけどねぇ」と言って大笑いをした。そしてチビおっさんが言った。

「ところで兄さん関西でしょ、どこのネタ扱ってるの？」

勘吉の前に顔をひょっこりと出して聞いてきた。

「うーん、それは企業秘密です」

「いいですね〜、口が固くて。みんなどこのネタか自慢するように言うもんだ。どこのネタが良くて、どこのネタが安く入るか、競い合うんだけどね」

勘吉は、チビおっさんに「そんなことは聞くもんじゃないよ」と言って諭した。

「そんなもんなんですね」

「そんなもんですよ。じゃあ、どのくらいの量を動かしてたんですか？　これで仕事っぷりが分かります」

「10グラム単位で仕入れてました。しょぼいもんですよ」

「頻繁に？」

「そうですね。あまり量を持つのは危険ですし」

「賢いですね。大量に持ってると営利が疑われるし、特例法なんか付いたらたまったものじゃない」

麻薬特例法はヘロイン、コカイン、覚醒剤、大麻、向精神薬などを大量に所持して収益を得ていたり、大量に密輸などをすると付くのだが、これが付くと量刑がかなり重くなる。また罰金も犯罪の規模や量によってかなりの額になるのだ。

「確かに、そうですよね」

「また、やりますか？」

勘吉は、こっちを見て聞いてきた。

「どうでしょうねぇ」

正直、分からなかった。出所後のことは何も考えられなかった。テレビニュースにもなって、名前には一生消せない傷がつき、その上から泥をかけられた。仕事といっても友人知人の手伝い仕事ぐらいしかないだろう。きっと稼ぎはろくにない。それならいっそのこと悪党に徹して生きて行こうか。そんな風に考えたりもしていた。

「兄さん、気に入ったよ。出所後に行くところがなかったら訪ねてきてください。こっちに聞けば分かります。また会えたら一緒に良い仕事をしましょう」

こっちに聞けば、と言うところでチビおっさんを顎で指し示し、爪切り場の腰掛けの方へと歩いて行った。その後ろを舎弟が黙って付いて行った。

「兄さん、あの人は名古屋の大御所だよ」

チビおっさんが得意げになって言ってきた。

「そうなんですか」

爪切り場の方を見ると、勘吉の座る場所を慌てて空ける者たちが見えた。

「あの人の若い衆たちがパクられてね。相当な量のシャブを動かしてるはずだから、きっと特例付いてるな」

おっさんの声は、徐々に小声になっていった。

「じゃあ、あのおやっさんもシャブ関係で？」

「いや、若いもんに触らせて自分は触らないはずだからね。別件かもね」

「別件ですか」

「あの人は、注射器を大量に卸してんだよ。関西の注射器もほとんどあの人のだよ。それかもね」

「注射器を大量に、すごいすね。儲かるんですか」

「そりゃ相当な量だから、一本数十円抜いても儲かるんじゃない」

「シャブ中は、注射器がないと生きていけないですもんね」

「箸がないと飯食えないでしょ、それと同じだね」

「しかもその箸は、毎回変えますしね」

俺は、部屋にゴロゴロと転がっている使用済みの注射器を思い出した。

「ところで兄さんは、出たらどうするの？　あてあるの？」

「何も考えてないです」

「兄さん、何年うたれたの？」

「三年です」

「じゃあ、俺の方が出所は後だな。四年後の今日あたりに、横浜西口の〇〇〇ってパチンコ屋に来てよ。だいたいそこにいるからさ。飯でも食おうよ」

「そうですね。横浜西口の〇〇ですね。毎日いるんですか？」

「いるいる。用もないのにいるよ。ネタ回りは良いし、文句無しだよ」

おっさんは、親指を立てて笑っていた。

刑務官の方を見ると、二人並んでこちらをずっと見ていた。

第三章　服役

シャブで稼いだ罪の内実

刑務所で過ごすための研修

栃木県さくら市にある喜連川社会復帰促進センターは、名称だけを見ると立派なものだが、要するに悪党たちを詰め込む刑務所だ。だが、他の刑務所と違うところがある。それは、運営の一部に民間企業が参入している、日本で三番目の官民一体の刑務所ということだ。もちろん刑務官は法務省の管轄だが、作業工場の指導員などは、民間企業から出向してきている。元は、黒羽刑務所喜連川刑務支所だったのだが、二〇〇七年に建て替えられて今の形になったようだ。主に初犯受刑者たちが収容される刑務所で、噂によるとあまり厳しくなく、とても綺麗な刑務所だと聞いていた。俺は、ここへの移送が決まった時、喜びを隠せずガッツポーズをとった。

「だぁり、だぁり、だぁり、ぎっ……だぁり、だぁり、だぁり、ぎっ……ったーい、とまれっ」「いっち、にー」

またこれだ。

ここに来てからというもの、来る日も来る日も行進をさせられ、独居の居室では姿勢を正して折紙を折り、ひたすら鶴を大量生産し続けている。俺は横浜拘置所から移送され、約二週間の新入所者研修を受けていた。ここで刑務所でのルールや規則を学ぶ。気をつけ、休め、気をつけ、前へ進め。気をつけは、直立して指先をピンと伸ばして揃える。休めは、肩幅に足を広げ、手は太腿の横に置いて揃える。前へ進めは、踵を擦らず膝を高く上げて歩き、手を大きく振って行進していく。移動は全て行進だ。この研修期間中に、みっちりと何度も行進をさせられた。

拘置所での生活態度や、ここでの素行で分類審査にかけられ作業工場が決まる。俺は希望する炊場工場に配属されるように、真面目に毎日を過ごしていた。

炊場工場とは、受刑者たちの三食の飯を作る調理場で、噂によると衛生面を考慮して、工場内では夏は冷房、冬は暖房が完備され、風呂も毎日入れるという。刑務所では、基本的に風呂は週二回。俺は毎日風呂に入れるという理由だけで、炊場工場を希望していた。この工場は受刑者たちに人気で、エリートが集まると言われている。エリートと言っても学力がある者たちではなく、健康で健全で勤勉な者たちが選ばれる工場なのだ。

それにしてもここは雰囲気が明るい。建物や壁の色が淡いクリーム色で、広い窓からは暖かい光が差し込み、窓の外の景色には植物の緑がたくさん見える。五月の半ばを過ぎて暖かくなってきた気候もそうさせるのだろうか。寒く、汚く、厳しく、一面灰色の世界だった横浜拘置所と比べると、雲泥の差があった。

雑居房の人々への挨拶

独居房での新入所者研修を終えて、雑居房へと転居させられた。ここで集団生活での素行を見られながら、工場が決まるまでの数日間を過ごすことになる。同房者は六人いて、若そうな者から初老の者までいる。俺は、元気良く挨拶をした。

「皆さん、よろしくお願いします」一人ずつゆっくりと眺めながら言って、頷くように軽く頭を下げた。

みんな元気がなく、小声でよそよそしく、それぞれがバラバラに挨拶をしてきた。横浜拘置所では、額に悪と書かれた顔面を剝き出しにして、元気に挨拶をしてくる者が多かったが、ここはそうでもなさそうだ。しかし初老のおっさんだけは、元気に笑顔で挨拶を返してくれた。

「おやじさんは、どこから来たんですか？　自分は、横浜から来ました」

「私は、小田原からだから隣だね」と言って笑っている。

髪には白髪が目立ち、背は低いが、ガッチリとした体格をしている。見た感じは六十過ぎに思えるのだが、ひょっとするともう少し若いのかもしれない。

「おっ！　ご近所ですね」俺も笑った。

「兄さんは、関西弁だね。そっちの出身なの？」

「はい、大阪出身です。大阪にいたんですけど事件が横浜で、新幹線で横浜まで引っ張られました」

「ほう、大変でしたね。私は、沖縄出身なんですよ。ほっほっほっほーっ」と、特徴のある笑い方をした。

「沖縄ですか。一度行きましたけど、良いところですよねー」沖縄本島の国際通り、商店街に吊るされている豚の面の皮、一泊1500円の素泊まりの宿、米軍基地。二十代半ばに旅をした時の沖縄の風景が、頭に順番に蘇ってきた。

「本当に良いところです。ずっと沖縄にいたら、こんなところに来ることはなかった……」おやじさんは、懐かしむような表情をして言った。

「そういえば、沖縄でこんな言葉を教わりました。『イチャリバチョーデー』」一度出会った人は、皆きょうだいという意味だ。

「イチャリバチョーデー。良い言葉だけど、都会では通じないね」と言って、寂しく笑った。そして、おやじさんは少し悲しい顔をして語り出した。

仕事を求めて神奈川県にやってきた。建設会社をいくつか転々として、事件を起こすまで勤めてきた会社にずっと世話になっていた。建設業の仕事は決して楽ではない。毎日汗を流して、クタクタになるまで陽の下で夕方まで働く。でも、そんな仕事が大好きだった。仕事で泥だらけになった体を風呂で洗い流し、小さい湯船に浸かる。そして風呂上がりの冷えたビール。これさえあれば日々の仕事に苦労なんて一切感じなかった。

しかし、そんな生活が徐々におかしくなっていった。給料がちゃんと支払われなくなってきたのだ。ずっと世話になっている社長が困っているのだから、我慢をした。風呂上がりのビールさえも飲めなくなっていった。仕事に出ているのに給料を貰えない。わずかな貯金を切り崩し、節約して生活していたが、とうとう家賃の支払いもできなくなっていった。もうこれ以上は我慢の限界だ。何度か社長に掛け合って話し合いをしたが、もうちょっとだけ待ってくれと頭を下げられた。しょうがなく我慢して働き続けた。

ある日、元同僚に会うと、社長はキャバクラで飲み散らかしていると言ってきた。どこの店なのか聞いて、本当かどうか張り込んでみた。すると、女をはべらせた社長が酒に酔い、気持ち良さそうに店から出てくるのを目撃した。後をつけて社長の家の近くに着くと、派手な女が家のドアを開けて社長の帰りを待っていた。我慢の限界は、怒りの限界へと変わり、その限界が破裂した。

寒い冬のことだった。会社の資材置場からガソリンの入ったタンクを手に取り、社長の家に向かった。そして、勢いよく玄関ドアを開けて中に押し入ると、ガソリンを撒き散らして火をつけた。おやじさんの右腕には、爛れたような痛々しい火傷の痕があった。

「その社長は、大丈夫だったんですか？」俺は、おやじさんの焼け爛れた右腕を見ながら言った。

「なんとかね。火傷はしたけど、二階から飛び降りて助かったみたいだね」おやじさんは、爛れた腕をゆっくりと摩りながら、呑気に笑って言った。

「しかし、派手にやりましたね。殴るぐらいで良かったんじゃないですか」

「いやいや、どうせなら景気良く燃やしてしまった方がいいんですよ。ほっほっほっほっほーっ」おやじさんは、いつまでも笑っていた。きっと、社長に対する恩情を全部燃やしてしまいたかったのだろう。

一日一日を消化して、刑期が少しずつ短くなっていく。今日も一日が終わり、消灯の時間になった。ペラペラの布団の上に横になり、天井でポツンと光る非常灯を見ていると、沖縄を旅していた時の情景が頭に浮かんでくる。沖縄出身の放火のおっさんのせいだ。俺は眠りにつけないままに、旅の思い出を頭に描いて懐かしんだ。

青白く神経質そうな青年の罪

気がつくと、起床の音楽が流れていた。急いで布団を畳んで顔を洗い、歯を磨く。そして廊下の方を向いて安座し、点検を待つ。点検が始まると胡座をかくか正座をして、手は膝頭に向けて指先を揃え、背筋を伸ばして正面を見る。

「けーん、んごぅ」刑務官が舎房の前に立ち、大きな声で言うと、一番席から順番に称呼番号を叫んでいく。

「にせんきゅうひゃくはちじゅういちばんっ」

刑務所での一日が始まっていく。刑務官に布団の畳み方が雑だと怒られた同房者が、小さな声で「すみません」と言った後、舌打ちをした。彼は、ずっと静かに誰とも話をせずに過ごしている。歳は三十歳ぐらいに見えるが、もうちょっと上にも見えるし、下にも見える。感情を表に出さず、表情の変化が見えないので何歳ぐらいなのかの判断材料は、その見た目に限られた。常に話しかけづらいオーラを纏っていて、いきなりキレそうな危険な目をしている。その目を誤魔化すかのようにシャープな眼鏡をかけているが、隠しきれずにいた。舌打ちをした後に、珍しく無表情で神経質な青白い顔が怒りを表して、少し赤くなってきた。

「キレたらダメですよ」俺は自分の布団を綺麗に整えながら、彼に小声で言った。

刑務官が廊下に立って、こっちの様子を見ている。従うことだけしか許されていない刑務所で、反抗する者は珍しい。まさか、ここでキレるとは思わないが、念のために言っておいた。

「大丈夫です」彼も口を動かさずに、小声で独り言のように言ってきた。

刑務官が「気をつけろ」と言って、去って行くと内心ホッとした。おそらく、彼の舌打ちは刑務官に聞こえていたはずだ。そこを突っ込まれずに済んだだけでもラッキーだったのではないか。

「舌打ち、あれ、聞こえてますよ」

「そうですか」

「気をつけないと、デートに誘われて個室プレイですよ」

彼は、ここに来てから初めて少し笑った。青白く神経質な顔は姿を消し、尖った目が少し垂れて、警戒しながら笑っている。俺は、この隙を突いた。自分でも気がついていることだが、俺は人の手の内、心の内に自然と入り込むことができる。持って生まれたものなのか、育っていく中で身についたものなのか不明だが、とにかく人心掌握術と言えば少し大袈裟だが、人心潜入術はあるようだ。

「六十分コースと九十分コースがあります」と言うと、彼は顔を崩して笑った。

そう、この秘伝の術は簡単なのだ。ただ、最初に相手を笑わすだけ。閉ざされた心は、ここから少しずつ開いていく。俺は、この作業を考えてやっている訳ではなく、人と出会うと自然に行っていて、気がつくと悩みの相談などを受けていることが多い。

「では、花びら回転革手錠コースでよろしいですね」

居室にいる全員が大爆笑をしている。青白くんも警戒を解いて笑っているようだ。朝食の準備をして配食を待っている時間に、この舎房に来て初めて皆で話をすることができた。

やはり一番気になるのは、それぞれの罪名で、放火、万引き、窃盗、詐欺と続き、青白くんは傷害致死だった。それも実の父親を殴り殺してしまったという。

「小さい頃、父親から虐待を受けていました。ひどく殴られた。それを、可愛い甥っ子にもするんです。もう我慢ができなかった。気がついたら父親は倒れていて、死んでました」

誰もかける言葉が見つからないようだった。

放火者には「燃やさんでええやろっ」、万引き者には「弁当ぐらい買えっ」、窃盗者には「働けっ」、詐欺者には「役者になれっ」と、すかさず突っ込みを入れていた俺だが、何も言えず、青白くんの表情を見たまま固まってしまった。

「あっ、でも、死んで当然のような父親で、母親や姉が情状酌量の証人になってくれて、懲役五年ですみました」青白くんが、弁解するように言った。

「そうですか。死んで当然の、どうしようもない父親だったんですね」俺は、なんとか言葉を口から出した。すると、彼は何も言わず静かに頷いた。

「はいしょーく」刑務官の声が遠くから響き、会話は中断された。食器口に食器が置かれていくと、重く気まずい雰囲気は刑務官の「はいしょーく」という言葉と、朝食の匂いで掻き消された。〝死んで当然のような父親〟俺はこの言葉にひっかかった。朝食は喉を通っていくのだが何の味もせず、少しずつ腹を満たしていくだけだった。俺は嚙むという行為を続けながら、父親について考えた。

父のこと

父親は俺が物心ついた頃には、あまり家にいなかった。帰って来ても深夜で、朝に俺が起きていればチラッと顔を見る程度だった。中学生になり、徐々に素行が悪くなってきた頃も、あまり家にはいなかった。俺はそれを良いことに深夜徘徊し、悪さを続けていた。悪さと言っても最初は可愛いもので、仲間たちと度胸試しに夜の川に飛び込んだり、タバコを吸ったり、自転車をパクったりとそんなものだった。しかし、それが段々とエスカレートしてきて、バイクを盗んだり、シンナーを吸ったり、喧嘩をしたり、恐喝をしたりと、度が過ぎていった。警察に補導されると、その度に母親が迎えに来た。母は怒って俺を問い詰めてくる時もあれば、何も言わず10メートルぐらい先をスタスタと早足で歩いていく時もあった。きっと、呆れて何も言う言葉がなかったのだろう。

学校にもよく親が呼び出された。いつも母が来ていたのだが、この時はたまたま家にいた父がやって来た。原因は、近所の神社で仲間たちとウイスキーのボトルを回し飲みし、仲間の一人が急性アルコール中毒で倒れて病院に運ばれたことだった。近所の住人が、酔っ払って騒いでいる俺たちのことを学校に通報した。先生たちが駆けつけた時には、大きな溝に体ごと落ちた仲間がゲーゲーと吐いていた。すぐに病院に搬送された仲間は、急性アルコール中毒で呼吸困難になって死ぬところだった。俺は酔っ払っているし、どうしたらいいのか分からず、ただ仲間に付き添うことしかできなかった。先生たちは、今回の件は警察には告げず、本人たちと親に厳重な注意をして終わらすと言った。

父は「私たち親の監督不行き届きです」と言って、深く頭を下げていた。父が頭を下げている姿を見たのは、この時が初めてだった。帰りに怒られると思っていたが、父は自分が酒に酔ってやらかした昔話を語って、「まだ酒を飲むには早いな。友達があんなことになって、自分が一番反省してるやろ。もうアカンぞ。お前が酒を飲める歳になったら一緒に飲もう」と言って、俺の肩を優しく叩いてくれた。

家庭裁判所に呼び出された時も父が来てくれた。父は、「私どもでちゃんと監督をし、指導していきます」と言ってくれた。そのおかげで俺は鑑別所に収容されずに済んだ。保護観察処分を受けて保護司が付くことになったが、鑑別所に入るよりは断然に良い方だった。家庭裁判所からの帰りに一緒に飯を食い、久しぶりに父と対面をした。「わしは、お前の父親や。呼び出されたらどこにでも行く。でも、もうこの辺にしといてくれよ」と言って苦笑いをした。

俺は、父から暴力を振るわれた記憶はない。いつも穏やかで、どっしりと構えていて、大きな存在だった。俺が小学三年生になった頃、地域の子供会でソフトボールを始めた時には、休みの日にキャッチボールをしてくれた。阪神戦を見に、甲子園まで二人で行ったこともあった。夏になると、親戚家族たちと一緒に海水浴に行ったり、冬にはアイススケートに連れて行ってくれたりもした。ただ、父としては少し不良で、酒を飲んで帰りが深夜になったり、家に帰って来なかったりすることが多かっただけだ。それを俺は不服に思ったことは一度もない。むしろ父というものは、こういうものなのだと思っていた。

俺が成人を迎える少し前に、父は飲みに行こうと言って俺を誘った。父の会社の近くの居酒屋、スナック、そして北新地のラウンジ。父と二人で初めて一緒にゆっくりと酒を飲んだ。どの店も父は常連客のようで、店の人たちは温かく迎えてくれた。居酒屋の店員さんや、スナックやラウンジのママさんたちは、みんな揃って「あれっ！　息子さんか！」と言って、大喜びをしている。北新地のラウンジでは、父がカラオケを歌っている間にママさんから父の昔話を聞かされた。そして時々俺の話もすると言って、昼の前に人差し指を立てて笑っていた。俺は、この日に初めて父がどんな風に、どんな場所で、どんな酒を飲んでいるのか知ることができた。俺は、俺の知らない父を知ることができて、なんかスッキリとした嬉しい気持ちになった。そしてこの日から少し父を尊敬し、感謝の気持ちを持つようになっていった。

父は今回も、情状証人として法廷に立ってくれた。もう裏切ることはできない。もうこれで最後だ。俺は父の優しさに応えるために親孝行をし、これからの人生を真剣に考えなければならないと強く感じた。父を殺してしまうなんて考えられない。きっと彼は懲役五年という長い時間の中で、自分のやってしまったことを悔やみ、反省をし、そのうち悲しむ時が来るはずだ。

「死んで当然の父親なんて、やっぱりいないんじゃないですか」

俺は、洗い物をしながら、横で食器を濯いでいる青白くんに小声で言った。彼の顔を見ることはできなかったが、誰にも気づかれないように泣いているような気がした。

人間が試される炊場工場

俺は希望通り炊場工場に配属されることになった。工場が決まると受刑者たちは、同じ工場の者たちと寝食を共にして、雑居部屋で生活を始める。そこには先輩受刑者たちがいて、ここでのルールや工場のことを教えてもらう。工場内には炊飯係、調理係、下処理係、洗浄係、計算係、お茶係があって、出来上がった飯を各工場に運搬して、食後の食器の引き上げ、洗浄、管理までをする。受刑者は約千七百人。全員の飯を、場員四十人から五十人程度で時間通りに数を揃えて作り、運搬しなければならない。話を聞いていると大変な作業だが、ここにいる犯罪者たちができているのだから俺にできないことはないだろう。そんな風に思っていた。

最初のうちは各工場に飯を運搬するため、出来上がった物を次から次へと運搬用台車に載せていく。これがかなりハードな作業になる。ピロティーと呼ばれる工場外にある、運搬用台車が何台も並んで置かれているスペースを、荷物を持ってひたすら走り回る。受刑者千七百人分の飯を、たった二人で台車に積み込むのだ。腕はパンパンになるし、腰にもダメージがくる。積荷を間違ってはいけないし、数も合わせなければならない。この炊場工場では、ここで根性が試される。中には投げだす者もいるし、わざと調査、懲罰になる行為をして、めでたく他の工場に移動する者もいる。しかし、そんなことをすると仮釈が貰えなくなるかもしれない。俺はピロティーを駆けずり回り、根性試し上等で毎日苦行に挑んでいた。

「おい、何やってんだ。走るな」炊場工場担当のオヤジが、怒鳴っている。

「はい。すいません」ピロティーを走り回っていた俺は立ち止まって、気をつけをして言った。

「こっち来い、どうして走るんだ？」唾を飛ばす勢いで、デブのオヤジは絡んでくる。

「はい。間に合わないからです」直立したまま、オヤジの目を見て言った。

「ここは、走ったらダメなのは知ってるか」

「はい。知ってますが、間に合うとは思えません」

「間に合う、間に合わんは関係ない。ダメなもんはダメなんだ。分かるか」

「はい。分かります」

「だったら、なぜ走るんだ。言ってみろ」

「……ですから……」

「ですからもへったくれもないんだよっ。走るなっ」

……ダメだ。キレてしまいそうだ。間に合わなければ怒鳴られる。間に合わすためには、走って積荷を運ばないといけない。ここでも理不尽なことで怒鳴り散らされる。これは試されている。服従できる人間か、それとも反抗する人間か、見極められている。俺は、そのことに気がついて我慢をした。

「はい。すいませんでしたっ。以後気をつけますっ」体を腰からサッと折り曲げ、大きな声で服従を誓った。

「よぉし、いけっ」オヤジは顎で合図をして、睨みながら言った。

この一件で、さらに時間がなくなっている。俺は、ピロティー内を大股で、早歩きで動き回り、残りの積荷を運んでいった。

「おい、やればできるじゃないか。その調子でやれっ」オヤジが近寄ってきて、吐き捨てるように言った。

「はい。ありがとうございます」俺は、汗が滴り落ちる地面を見ながら言った。

自分に対してのルールを決める

一日の作業を終えて工場内にある風呂に入って湯船に浸かると、ホッとして身体の筋肉が一気に緩む。オヤジにキレなくて良かったと、つくづく思わされる。あそこでキレているようじゃ、この先の受刑生活が思いやられる。他の受刑者に絡まれることもあるだろうし、トラブルになることも考えられる。できるだけそれは避けたい。絡まれることなく、トラブルがなく、ここでうまく過ごしていくにはどうすれば良いだろうか。何か自分に対してルールを定めた方がいい。俺は、湯船に浸かりながら考えた。

一つ、オヤジには絶対に逆らわない。
一つ、すべての受刑者に対して平等に敬語で対応をし、絶対に悪口を言わない。
一つ、工場内のルールに従い、先輩の言うことを聞く。
一つ、必要以上に、他人に干渉しない。
一つ、このすべてのルールを守り、一日でも早く仮釈を貰って出所する。

これで決まりだ。この五箇条を胸に刻んで、勢いよく湯船から飛び出した。

居室では同房者たちとテレビを観たり、冗談を言ったりして就寝までの娯楽時間を過ごすことができる。俺がいる部屋には先輩たちが四人、そして俺と同期の者が一人いる。この同期配属の詐欺師が気にくわない。工場では先輩に媚びへつらい、楽な作業、汚れない作業に就き、昼食後の休憩時間には、いつも誰かの悪口を言っている。俺は相手にせず、できるだけ関わらないように努めていた。正直ムカついているので、早く調査にでもなってどこか別の工場に飛ばされてくれと願っていた。このままだと、いつかトラブルになってしまいそうだ。

テレビでは、音楽番組が放送されている。詐欺師は、食い入るようにテレビ画面に集中していた。

「うわぁ〜！　あっちゃんだ〜！」詐欺師が嬉しそうにテレビを観ながら言った。

画面を見ると、ＡＫＢ48が歌って踊っている。俺には何が良いのか分からないが、詐欺師は、あっちゃんという娘のことが好きでたまらないようだ。黙ってテレビを観ていると、詐欺師が歌いだした。

「あいうぉんちゅ〜♪　あいにぃじゅぅ〜♪　あいら〜びゅぅ〜♪　あたま〜の〜な〜か〜」

楽しそうに頭を揺らしながら歌い続けている。

「おいっ、そこぉ。きさま、謳歌してるのか。荷物まとめて出て来いっ」

びっくりして通路側の窓を見ると、刑務官が立っていた。鬼の形相で詐欺師を睨みつけている。詐欺師は「へび〜い〜ろ〜て〜しょん」と小さな声で言って、この部屋から去って行った。

俺はどんな人にどんな薬物を売ってきたか

俺が炊場工場に来て一ヶ月も経たないうちに三人が懲罰となり、他の工場へと飛ばされた。気を引き締めておかないと、いつか自分も同じ目に遭ってしまう。特に炊場工場には誘惑が多い。食材を管理して食べ物を作るところなので、摘まみ食いをする者が後を絶たない。衛生管理のために付けたマスクの下で、口をモグモグとしている。それをオヤジに見つかってマスクを取られ、口を開けさせられて一発アウトとなる。

それから、受刑者同士の口論。みんな犯罪者だ。気が荒い者もいるし、アウトローとして生きてきた奴らが集まっている。工場に配属されると先にいる者たちが先輩で、後から来た者たちが後輩となる。後輩は先輩から作業を教えてもらい、学ぶことになる。口の悪い先輩は、きつく当たるし言うことを聞かなければキレる者もいる。逆にストレスが溜まった後輩が、先輩にキレることもある。たまたま先に犯罪者となって逮捕され、刑務所に送られてきただけの人間に、なんでそんなに偉そうにされなければならないのか。その理由も分かる。しかし、キレたら負けなのだ。うまく立ち回らないと口論になって、手なんか出してしまうと懲罰房行きとなる。いちいちキレてトラブルになっていると、そのたびに工場が変わり、その挙句、満期出所となってしまう。

一日でも早く出所したい者たちは、懸命に我慢をして作業に取り組んでいる。中には「満期出所で上等だ」という者もいて、そんな奴に絡まれてケンカなんかすると最悪だ。道連れになって懲罰房に放り込まれてしまう。毎日、油断をせずに緊張感を持ってやっていかないと足元をすくわれる。俺は、そうならないように慎重に刑務所生活を送っていた。

炊場工場は、一年、三百六十五日フル稼働なので、順番に休みの日が回ってくる。この日、この部屋では先日入ってきた新人と俺の二人だけが休みだった。休みと言っても、一日中鍵のかかった居室で静かに過ごすことしかできず、運動の時間に居室内で体を鍛えたり、本を読んだりするしかやることはない。運動の時間になって筋トレをしていると、新人が声をかけてきた。

「あぁ、それより、こうした方が効きますよ」と言って、新人はスクワットをしだした。

「えっ、どうするんですか？」新人のスクワットを見ても、どこをどうすれば良いのか分からない。

「まず、目は正面。背筋を伸ばしたまま、ゆっくり膝を曲げます。その時、膝が前に出ないように、膝の位置をキープするように心がけながら、ケツを後ろに突き出す感じで、膝を曲げていきます」

「ん？　こうですか」

「そう、そう、そうです。膝が直角に曲がった位置で少しキープ。そしてゆっくり膝を伸ばしていきます」

「くぅぉ〜、これ効きますね」

「そうでしょ。筋トレは、やり方とイメージで全然変わってきます」

「詳しいですね」

「ジムに通ってましたし、専属トレーナーがいましたから」

「なんか本格的ですね。詳しいわけや」

これがきっかけでいろいろと話をしだした。彼は闇金業を営み、組織を作って荒稼ぎをしていたようで、フェラーリに乗り、麻布十番に自身が出資経営する飲食店もあると言った。俺も六本木でバーを経営していたので話が盛り上がり、お互いの事件の話になっていった。

彼のやり方は柱になる金主が何人かいて、そこから個人的に金を借り入れ、その金を客に貸し出していた。携帯電話や預金通帳、名簿などは専門の道具屋から買い集め、任せられる者に都内のマンションを借りさせて、そこを事務所として道具一式を揃えて営業させていた。金主がいて、彼がいて、闇金営業部隊がいる。賢いやり方だ。彼は表に出ず、後ろから経営を管理していた。ところが、事務所の一つが警察による内偵捜査を受け、今回の逮捕となってしまった。懲役四年の刑でここにやって来た。彼は闇金をやっていただけあって金は大好きなようで、俺がシャブの営利で逮捕されたと言うと、どのようにして、どのぐらいの利益を得ることができるのか興味を持って聞いてきた。包み隠さず事件について話をしてくれた彼に敬意を払うため、俺も同じく話をすることにした。

行儀の良いマリファナの客

俺は、六本木でバーを経営しながら違法薬物を売り捌いていた。商品は、シャブ、コカイン、マリファナ、ＭＤＭＡ。欲しい奴がいれば拳銃も手に入るし、中国人の事件屋を斡旋することもできた。そいつらは、情報を与えて金を積めば何でも実行する犯罪者集団で、窃盗、強盗、傷害、監禁、なんなら都合が合えば殺人も引き受けてしまう。もちろん殺人の斡旋をしたことはないが、それなりのコネクションが俺にはあった。

「おつかれさんです。いけますか？」仕入れ先のプッシャーに発注の電話をかけた。関西では売人のことをプッシャーという。

「大丈夫ですよ」

「Ｍサイズ揃ってます？」マリファナのことだ。

「何枚ですか？」

「三百枚」つまり、３００グラム。

「二、三日待ってもらえたら良いの届けますよ」

「おっ！　新作ですか」

「新作入荷予定なんです」

「ほう。いくらですか」

「にいにいで」グラム２２００円。

「良いですね～、後は仕上がり具合ですね」

「文句なしだと思いますよ。新鋭デザイナーの力作です」

「なんと！　楽しみに待ってます」発注が済んで、電話を切った。

電話では、露骨に商品名を口にしない。どこで誰が聞いているか分からないからだ。警察や厚生労働省の麻薬取締官による内偵捜査で、盗聴されていることも考えられる。電話の相手は信頼できるが、その相手が俺の他にも商品を卸しているのは確実で、どこかで俺の知らない誰かが、今の電話の相手のことをチンコロ（密告を意味する隠語）しているかもしれない。俺の知らないところで、電話先の者に当局のマークが付いている可能性も考えられる。念のために露骨な表現は控えるように、お互いがそうするようにしていた。

三日後の午後から午前に変わる頃、店のドアが開き、見たこともない女を連れてプッシャーがやってきた。

「いらっしゃいませ」女をチラッと見ると明らかにキャバ嬢で、随分と酒に酔っているようだ。

「モエ抜いちゃって」彼は女のためにカウンターの椅子を引き、女を座らせると自分も席についた。

モエ・エ・シャンドンを冷蔵庫から出して封を切ると、女が席を立って「トイレ～」と喚いた。

「そこだよ。あっ、その前にコンビニ袋ちょうだい」と、彼が女に言った。

女がトイレに入ると、そのコンビニ袋を俺に渡してきた。中を見ると、ウコン飲料五本とタバコとアーモンドチョコレートの箱が五つ入っていた。彼を見ると、親指を立ててキメ顔をしている。アーモンドチョコレートの箱を開けて、チョコを皿に盛る。二つ目の箱がビンゴだった。

100グラムのマリファナが少し圧縮されて、綺麗にパケに入ってアーモンドチョコレートの箱の中に収まっていた。他にも同じ物が二つある。それを手元で確認すると、箱を閉じて冷蔵庫の中にしまった。カウンターには他にも客がいる。ここでパケを開けるわけにはいかない。モエ・エ・シャンドンの栓を抜こうと親指をコルクに添えたところで、女がトイレから帰ってきた。静かに栓を抜き、よく冷えたモエをシャンパングラスに注いだ。

「マスターも飲んで」と言って女は席についた。

カウンターにアーモンドチョコレートが盛られた皿と、シャンパングラスが三つ。俺たちは乾杯をした。

マリファナは、だいたい100グラム単位で仕入れていた。それを10グラムに分けて売り捌いていく。しょうがなく1グラムで売ることもあるが、できるだけそれは避けていた。細かく売り捌くことによって客が増え、捕まるリスクが高くなってしまう。客は少なく、品物は多く出す。これが俺なりのルールだった。仕入れ値は品質により多少上下するが、100グラム仕入れると20万円から25万円。それで十分上質なマリファナが手に入った。それ以上値が上がると手を出さない。

マリファナの客は行儀が良く、ちゃんと待つことができる。いくつか仕入先があって「今回は、すいません。にいごーで」と言って、お願いされることもあった。グラム2500円ということだ。仕入先にもいろいろと事情があるのだ。売値は、グラム5000円。

店の客には、金を持て余している遊び人たちがたくさんいる。そんな連中には高く売りつけて、友達連中には安く出していた。もちろん、50グラム、100グラムと、まとめて買う客には安く売る。

一ヶ月に300グラムは捌いていたので、マリファナの儲けだけで、70万円以上は軽くあった。俺自身こよなくマリファナを愛しているので、良いものかそうじゃないかは、ぱっと見てすぐに判断することができた。客たちは皆、俺のネタに間違いはないと信頼を寄せていた。

マリファナの客は、若い者から遊び慣れた大人まで幅広く、特に若い者に出す際には注意をしていた。平気で持ち歩くので、警察から職質を受けて逮捕ということになりかねない。そこで俺の名前を出されたらアウトだ。その分、大人たちには安心して出すことができた。彼らは遊び方をわきまえているし、用心して決して無茶をしない。俺は、できるだけ大人の客層を広げることに努めていた。バーの客が酒に酔ってマリファナの話などをしていると、帰りにこっそりと小さなパケに入ったマリファナを握らせた。その客が次に来る時には、即注文を受けることになった。50グラム、100グラムで買う者が重なると仕入れを増やし、さらに儲かっていく。

俺たちプッシャーは、警察にパクられるかもしれないというリスクを背負うことで、儲けを得ている。パクられることなく、リスクだけを背負って、どこまで上手く儲け続けることができるか。それは、上手いやり方と運次第だった。

「マスター、ごちそうさま」

「はい。ありがとうございました」

追いかけるように店の外に出て、キャバ嬢にバレないように現金の入った封筒を彼に渡した。「また、お待ちしてまーす」

プッシャーは女の肩を抱いて、外苑東通りに向かって歩いていった。

コカインの客は金を持て余している日本人

コカインはマリファナのように匂わない。店のトイレでこっそりとラインを引いて、誰にもバレずに鼻から吸引することができる。店で客がマリファナを吸うことは許さないが、コカインなら黙認していた。さすがにモクモクとマリファナの煙を吹かす客には、店から出ていってもらう。店が入るビルの隣には、小さな公園がある。そこで満足するまでキメて戻ってくればいい。法律を破っているのだから、モラルとマナーは守ってもらうことにしていた。

「いや～、公園の空気が美味しかった」

さっきハッパをキメに出て行った客が、店に帰ってきた。

「いいでしょ、公園。六本木にもあるんですよ」

「いいね～。まさに都会のオアシスだ。真っ暗だから何も見えないけどね」

「たまに、隣のSMバーの客がブランコに縛りつけられてますけどね」

「えっ！　女？」

「おっさんです！」

「裸で？」

「パンツいっちょで」

「がっはっは～、バカですね」客は席に着いて大笑いをしている。

「あっ、そうそう。メモを預かってます」他にも客がいるので、彼に小さなメモ用紙を渡した。そこには〝コーラ20本〟と雑に書かれている。俺がさっき書いたものだ。

「ありがとう」

彼は、チラッとメモを見てポケットにしまった。俺たちはSMの話で盛り上がり、他の客たちも巻き込んで、朝まで楽しく酒を飲んだ。

後日、店のオープンと同時に彼がやってきた。まだ他に客はいない。

「ちょっと待たせたね」と言って、革のジャケットのポケットからコカインの入ったパケを取り出して、手渡してきた。

「いえいえ、待つのが仕事ですから」手に取ったパケは、20グラムのコカインがパンパンに入っていて、お手玉のようだ。

「いつもどおり多めに入ってるから、味見してみて。上物だよ」と言って、鼻をスンスンしている。彼はすでに味見をしたようで、先日よりも凛として見える。

「いつもありがとうございます」早速店の鍵を閉めた。

カウンターにクレジットカードで20センチぐらいのコカインのラインを引いて、千円札を丸めて鼻にあてた。まず10センチほどを右の鼻、残りを左の鼻で一気に吸い込んだ。コカインが鼻の粘膜にピタっと張り付いているのが分かる。頭の奥の方でブィーンと音がして、一瞬にして身体が浮いた。上物だ。

「おぉ！　良いですね」

物が悪いと量を増やさないとキマらない。売人の中には、重曹を混ぜて嵩増しする者もいる。そのような物なら突き返して、取引はやめにする。もちろん丁寧にお断りをするのだが、量が量だけに間違った物を仕入れるわけにはいかない。仕入れ値は20グラムで18万円。これをグラム2万円で売りに出す。全部捌けば仕入れ値を引いて、22万円の儲けになる。小さなパケに1グラムのコカインを入れて、店にあるレコードジャケットの間に忍ばせておく。それが一晩に、いくつも売れていく日もあった。こちらから初心者に勧めることはなかったが、コカイン好きの客は、酒に酔ってくると頻繁にトイレに行くのですぐに分かる。さりげなくトイレチェックをすると、案の定、白い粉が床に散らばっている。黙って掃除をしてカウンターに戻ると、その客に「あるならちょーだい」と言ってみる。なんなら一緒にキメて共犯者となる。

後日、そのお返しにコカインの入ったパケを手渡すと、そこから客になっていく。六本木では外国人が経営するDJバーが多く、そこで入手している者が多い。外国人たちは、バーで飲む酒のお供にコカインを気軽にキメたりする。酒に酔って脱力していく身体と脳に、コカインを入れて奮い立たせるのだ。陶酔と覚醒を繰り返しながら、朝まで遊び明かす。甘い物を食べたら、塩辛い物が食べたくなる。すると、また甘い物が欲しくなる。そんな感じで、どちらも止まらなくなっていく。俺としては酒も売れるし、コカインも売れるし、一石二鳥だ。

客は圧倒的に日本人が多い。外国人に売り捌いていくと、そこから広がり、外国人の売人とコカイン売買の利権でトラブルになりかねない。それに、俺の店に不良外国人が集まって来ても困る。そこには十分に注意していた。ターゲットは、金を持て余している日本人。コカインは仕事に使う者もいるので、客の中にはウェブデザイナーやクリエイターなども多くいた。眠気を飛ばし、イメージを膨らませ、脳を開花させて創造していく。良い作品が量産されていくようだ。飲食店を経営している連中やキャバ嬢なども多くいた。テキパキと働けて仕事の効率が上がる。

一度仕事で使うと癖になるようで、良い常連客となっていった。あとは、金持ちの遊び人の連中だ。広告系プロダクション社長、放送業界や音楽関係者、出版社の者などもいた。俺から大量に仕入れて、小分けにして売り捌く者もいる。もちろん信用できる奴に限られる。そいつの客がパクられても、警察が俺のところまで辿り着くことはない。仮に、そいつがパクられても、俺の名前は絶対に出さないという信頼関係ができている。その代わりに安く卸していた。

コカインの隠し方

俺が仕入れたコカインは、一ヶ月に50グラムぐらいは捌けた。50万円以上の儲けになった。

「今月は、これでおしまいだね」彼は音楽に合わせてシャドウボクシングをしながら、軽快に言った。

「来月50グラムまとめていこかな〜」小さなパケに1グラムを測って詰めながら、独り言のように言った。

「ん？　50グラムまとめてもそんなに安くならないよ。100グラムいっちゃえよ。だいぶ安くなるよ」

「10グラム、20グラムちょいちょい手間をかけるより、一気にいった方が良いかなとか思ってね。でも、あんまり持っときたくないからな〜」

「持たなければいいんだよ」

「ん！　どういうことすか？」

「例えばこの店なら、カウンターのそっち側じゃなくて、客が使う共有エリアに隠すんだよ。カウンターの下の手の届かない奥の方にガムテープで貼り付けるとか、トイレの換気口の中とか、いろいろあるよ」

「なるほど」

「もしガサが入るようなことがあっても、知らんの一点張り。誰か客が隠したんじゃないですかって、惚(とぼ)けられるでしょ」

「確かに」

「部屋に帰っても部屋には置かず、玄関先にゴルフバッグでも置いといてその中に隠すんだよ」

「う〜ん、さすが！ でも、ゴルフしないんですけど」

「しなくてもダミーで置いとけばいいんだよ」

「そうっすね。そうしよかな。いや、待てよ。先輩パクりに来ませんか？」

「おいおい、信用ないな〜。でもそのぐらい用心した方が良いよ。実際、部屋荒らされて品物と金を全部持っていかれた奴もいるからさ」

「そうですよね」

「どのぐらい持ってるかなんて、誰にも知られちゃいけないよ」

「はい。あなたは知ってるから要注意人物です」

「はいはい、分かりましたよ。要注意人物は帰りますよ。金ちょうだい」

実際に品物を扱っていると、こういった心配や危険も考えられる。いきなり部屋に押し込まれ、襲われてボコボコにされ、部屋にある金や品物を全部持っていかれてしまう。物が物だけに警察に届けを出すわけにはいかないので、泣き寝入りとなる。犯人を捜そうにも、こういう奴らは用意周到で襲う気満々だ。武器を持って覆面に手袋、完全装備で人気(ひとけ)のない時にいきなりやってくる。手がかりもなく、諦めるしかない。こうなるともう引退だ。舐められているからこういうことになる。また次も襲われるんじゃないかと考えだすと、品物に手を出せなくなってしまう。誰なのか分からない者たちが、大量に薬物と金を持っていることを知っている。気味の悪い連中が近くにいる。そう考えだすと足を洗うしかない。

俺は一度もこういう目に遭ったことはない。客たちは俺が何を持っていて、どのぐらいの量を扱っているのか、いくらで仕入れているのかなどはまったく知らない。自分たちが買う品物を目の前で見て、金を払って帰るだけだ。襲われるような奴は、だいたい自慢気に大量に仕入れたとか、いくら儲かったとかペラペラ喋る輩で、自らの手で墓穴を掘って穴の中に埋まっていく。もうこの世界で金を稼ぐことはできない。

人を襲うような無茶をする連中は、だいたいシャブかコカインにどっぷりハマっている中毒患者たちだ。マリファナの客には、このようなことをする者は、まずいない。愛煙家たちは喫煙をすると、基本的にラブ&ピースの精神に近づき、心が穏やかになり、すべてにおいて平等に愛を以て接し、優しくなれる。人を襲うような、暴力的で野蛮で危険な行為に及んだりは決してしない。

要注意なのは重症のシャブ中患者たちだ。シャブが切れたシャブ中たちは、獣と化すか、寝たきりになる。大人しく寝たきりになっておけばいいのだが、金もない、ネタもない、生きる気力もない。そうなってくるとシャブ欲しさに最後の力を振り絞って、犯行に及ぶ者がいる。大量に品物を持っている者のことを知っている人物から情報が回り、まったく繋がりのない売人を襲う。売人は容赦なく捻り潰されてしまう。

「はい、金。襲われないように気をつけてくださいよ。近頃は、ヤクザ狩りをする連中もいますからね」

「大丈夫だよ。そのために身体を鍛えてんだから」金を受け取って、強烈なハイキックを俺の顔面スレスレに寸止めした。ピタッと静止してから、笑いながら帰って行った。

週末シャブ中の人たち

ある週末、シャブ好きの客がやって来た。彼は週末シャブ中で、仕事の休みの前日からシャブをキメて遊び呆ける。朝までギンギンに酒を飲んでガールズバーに行ったり、クラブに行ったりして夜を明かす。女とキメて遊ぶ日もあれば、裏カジノやインターネットカジノで博打に夢中になる日もある。金は腐るほどあるから、仕事に支障が無ければエキサイティングで刺激のある週末を過ごしても、誰も文句を言わない。

「クラちゃん、入ってる？」他に客がいるので小声で言ってきた。

「あるよぉ」何かのドラマのバーのマスターのように返事をした。

「タンカレーで、ジントニック」少し気取って、酒を注文してきた。

氷を入れたグラスに、冷凍庫でキンキンに冷えたタンカレージンを注ぐ。ライムをカットして搾り落とし、シュウェップスのトニックウォーターでグラスを満たした。マドラーで氷を持ち上げるように軽くステアし、カウンターにコースターを滑らせた。その上にそっとグラスを置く。

「タンカレートニック、どうぞ」

チャームのミックスナッツを、底の深いガラス製の小皿に入れてグラスの側に添えた。

「ありがとう」

彼は同じものを二杯飲んで、２万円多く支払いをして帰っていった。彼とは、いつもこうやって取引をしていた。ミックスナッツが入った小皿には、シャブの入ったパケが二つ入っていた。０・２グラムのシャブが入ったパケが二つ。一つ１万円。彼は、それを炙って吸って週末の休みを満喫する。仕事柄、店にスーツ姿でやって来ることが多い。誰も彼がシャブを持っているなんて思いもしないだろう。俺は、このようなやり方を使って数人にシャブを売り捌いていた。

彼らは、まともな職に就いて社会人として立派に生活を送っている者たちだ。この連中は週末シャブ中なので、あまり心配はない。土日の休みにどっぷりとシャブに浸かり、週明けからは真面目に仕事をする。また週末になると、ソワソワしながら店にやって来る。シャブ中たちは、持っていると我慢できずに使ってしまう。俺は彼らを上手くコントロールし、休日に使う分だけの適量しか売り出さなかった。

品物があるからと言って多く売り渡すと、彼らの人生が少しずつ歪んできて、いつか破綻することになりかねない。そうなると、だいたい想像ができる。まず仕事がルーズになり、休むことが多くなる。気がつけば職を失い、家族がいれば別居となる。金はあるので寂し紛れにシャブを食い続け、そのうち金もなくなっていく。仕事を探しても見つからない。選ばなければ何でも仕事はあるのだが、求人情報をペラペラと見ているうちに時は一月を越え、季節を越え、年を越える。

妻とは離婚し、借金だけが増えていく。しょうがなく就いた仕事で稼いだ金はシャブとなり、火で炙られ、白煙となって身体の中に染み込んでいく。得るものは何もなく、失うものばかりが増えていく。このあたりで己の馬鹿さ加減に気がつけば良いのだが、欲に流されて気づかない者は、そのうち警察に逮捕されるか、犯罪に手を染めるか、自らの手で命を絶っていく。そんな風にはなってほしくない。それに彼らはシャブを炙って吸引するので、血管に直接注射して放り込む連中よりは依存性は低く、切れ目も比較的きつくない。週末の休みにシャブを炙って吸引する程度なら、彼らにとっては少し高くつく遊びの範囲に収まっていた。

シャブ客との取引が始まる時

この連中が、どのようにしてシャブ客になっていくかと言うと、酒に酔って必ず自分から話をし出すところから始まる。俺のようなバーのマスターは、秘密を打ち明ける絶好の相手で、二人っきりになると「ずいぶん前にシャブやった時に、一緒にいた女がさ～」とか、「時々シャブくっちゃってる友達がいてさ～」とか、何かとそっちの話題を持ち出してくる。俺が「昔、よくやりましたよ」なんて言うと、客は興奮して会話が盛り上がっていく。だいたいきっかけはこんな感じで、そのうちに「えっ！　マスター手に入るの？」となってくる。そして売買取引へと入る。

この取引は一対一で極秘に行われ、誰にも公言しないと固く約束させる。もし、彼の友人にシャブ好きな奴がいても、俺を紹介しないこと、この店でシャブが手に入ることは、誰にも言わないこと、仮に誰かに分けたとしても、ここで仕入れたことは絶対に言わないこと、を念押しして約束させた。ひょっとすると二つ買ったシャブのうちの一つは、誰かに分けるのかもしれないが、そんなことは俺には関係ない。取引をしている者と固い約束が成立しているので、手渡した後のことは彼らを信用して任せるしかなかった。

「クラちゃん、五ついける？」

シャブが効いているのか、落ち着きがない。他に客がいないので大丈夫だが、この客は最近買い物の量が増えているので少し心配していた。

「だんだん増えてますね。大丈夫ですか」

「大丈夫だよ。炙ってるとすぐになくなるからさ」

「一人分の量にしては、多すぎますよ」

「実は少し分ける相手がいてね。今度もうちょっと多く欲しいんだけど、いけるかな」

「いいですよ。けど、多く買ってもシャブは安くならないですよ」

「大丈夫、大丈夫。そいつらも金はあるからさ」しまった、という顔をした。

「そいつらね。まぁ、約束は破らないでくださいよ」

「分かってる、分かってる。新宿の飲み屋で仕入れてるって言ってるから」

「で、今回五つで次回は？」

「３グラム欲しいんだけど」

「ほう。15万円ですけど大丈夫ですか？」

「実はさ、定期的に３グラムぐらい欲しがる奴がいてね。金はあるからさ、大丈夫」

「分かりました。気をつけてくださいね。小分けせずにワンパケ３グラムでオッケーですか？」

「いいよ。測り持ってるからさ」

　こうやって、測りを持った客が下請けの売人になっていく。そのうち３グラムから５グラム、10グラムと買う量が増えていく。10グラムになると安く売ろうかと思うが、安くしてくれとは言ってこない。金に余裕があるようで、大金を出してシャブと安心を買っているのだと言っていた。確かに品物が安く手に入るほど、薬物流通ピラミッドの上層部に身を置くことになる。そんなところをうろちょろしていると、警察に捕まったら最後、当分シャバの空気が吸えなくなってしまう。彼らはシャブを末端価格で購入することで、安心と安全を得ていた。シャブは時価となって値が高騰することがある。警察の取り締まり強化月間などで出回らない時期や、何らかの理由で日本にシャブがない時期に値が跳ね上がった。そんな時期でも客たちは、高額の金を払いシャブを買っていく。俺は六本木の片隅でバーを経営しているというだけで、薬物売人としては特上の客を確保することができていた。

俺の品質品定め法

「やっぱりシャブは儲かるんですか？」闇金さんが、前のめりになって聞いてきた。

「儲かるんですけどねぇ。儲ければ儲けるほど捕まるリスクは上がります」

「客が増えて逮捕される確率が上がるということですね」

「それもあるんですけど、安く仕入れて儲けるために密売組織の内部に食い込んでいくと、すごい量のシャブが右から左に動いてます。大金も動きます。大量に仕入れて安く買うんですけど、そんなところを警察に押さえられたらアウトです。特例法が付いて当分娑婆には帰って来られない」

「なるほどね。密売組織の上層部に顔を出して、取引をする。そこにリスクがあるんですね」

「一度、破格の値段で100グラム仕入れたことがあったんですが、その時は、見たこともない二人組が警戒しながら持って来ましたね。もし襲われて品物を奪われたら、そいつらの下手打ちですからね。こっちも金だけ奪われたら大損です」

「確かにね。でも、その二人の上の者は分かるわけでしょ？」

「分かるけど、知らんと言われたら？」

「揉めますすね」

「物がシャブとなると、わざと揉め事を起こす連中もいます。だいたいシャブ中です」

「それは危険ですね」

「それを考えると安全な立ち位置で、信頼できる相手から、それなりの値段で仕入れるのが万全なんですよ」

「ちなみに、いくらで仕入れてたんですか？」

「10グラム仕入れて、20万円から26万円。時と場合と相手によります」

「それより安く仕入れるとなると、量も多くなるし、危険が伴う」

「そうなります。結局、ここにいますけどね」静まり返った居室で、二人静かに笑った。

シャブは、月に30グラムぐらい仕入れていた。これを全部売りに出すとグラム5万円なので、150万円上がる。仕入れ値が10グラム20万円だと、90万円の儲けになった。仕入れ先はいくつかあるが、安心して買えるところは少し高い。また時期によって値段も変わるし、物が良いところと悪いところがある。ちゃんとテイスティングして味を確かめないと、下手を打つことになる。中にはゴジラというネタがあって、なぜか体が熱くなっていくだけで、シャブ特有のシャキーンと気持ちが良く、頭を突き抜けるような感覚があまり味わえない。そんな物を摑まされると売り物にはならない。客は、シャキーンとしたくて、下半身にズビーンときたくて、シャブを求めてくる。ゴジラネタを渡すわけにはいかない。

まず、シャブの結晶をよく見て色を確かめる。透き通るほどの無色透明の物がより良い。次に、炙って味を確かめる。少しマスカットのような味がするとバッチリだ。あとは効き目を待つ。問題がなければ買いだ。仕入れたシャブを小分けにする。０・２グラム、１グラム、３グラム、５グラム、10グラム、シャブが欲しくてしょうがない者たちが、まだかまだかと待っている。俺の客には注射器を使う者はいなかった。みんな炙りで吸引する。ガラスパイプやアルミホイル、電球を上手く使って吸引する者もいた。注射器を求めてくる客には、シャブを売らないようにしていた。

シャブは注射器でキメるのと炙りでキメるのとでは、効き目は一緒だが依存度が全く変わってくる。炙りだと肺を通してゆっくりジワジワと効くが、注射だと血管から一発ドカンと速攻で効いてくる。炙りだと物がなければないで我慢できるが、注射だと物がなくなれば駆けずり回ってでもシャブを追い求める者がいる。注射器でシャブを喰う者は危険だ。シャブ欲しさに、少し間違うと何をしでかすか分からない。俺自身が注射器を使うので、よく分かっている。

そう。分かっているはずだった。それなのに俺はシャブに狂い、その間違いを犯して逮捕され、この刑務所に堕ちてきてしまった。

第四章　釈放

シャブへの誘惑は果てがない

運が良かった受刑生活

俺の仮釈放の日が近づいてきている。日頃の行いが悪く、工場内で嫌われている者は誰かに足を引っ張られ、仮釈が貰えずに満期出所となる場合もある。満期出所で上等と考えている者が、仮釈放が近づいてきた奴とわざと口論をして騒ぎ立て、道連れになって調査、懲罰となって帰らぬ人となる。仮釈放は帰住先が決まっていて、受刑態度が良く、調査、懲罰にならず真面目に生活をしていた者たちが貰える刑務所の処遇で、皆これを一日でも早く貰うために頑張って我慢をして刑務所生活を送っている。

冗談じゃない。足を引っ張られる訳にはいかない。一日でも早く出所したい。俺は仮釈放が近づいてきていることを自慢気に話すことは控えた。誰にどう思われていて、どこで誰が企んでいるか分からない。出所を前にして、用心するに越したことはない。

刑務所生活を振り返ると、俺はとても運が良かったと思う。ムカつく奴らは問題を起こしてみんな去っていった。入所してすぐに先輩たちが摘まみ食いで懲罰になり、偉そうにうるさく言う者はいなくなった。後から入ってくる者に作業指導をして炊飯室を回していく。俺に文句を言う者は一人もいなかった。うるさく言うのはオヤジぐらいで、オヤジを除けば工場内は俺の天下だった。同じ頃に入所した者たちと冗談を言い合って笑い、後輩たちには先輩風を吹かさず丁寧に対応し、優しく指導をした。

運動の時間には、グラウンドで出所してからの目標を語り合えるムショ仲間もいた。周りにいる者はみんな良い奴らだった。社会では犯罪者となって刑務所に堕ちてきた者たちだが、驚くほど真面目に作業をしている。みんな本当に犯罪者なのかと疑ってしまうぐらいだ。中には、出所したらどんな悪さをして、どうやって儲けるかを考え続けている者もいるが、それはそれで聞いていて楽しかったし大いに笑えた。正直に言って、ここで出会った仲間たちが集結して犯罪組織を作れば、十分にやっていけると思う。

しかし、危険を冒して、警察に捕まるというリスクを背負ってまで金を稼がないといけないのか？　そんなに金が必要か？　真っ当に生きて、たとえわずかでも稼いだ金で質素に暮らす方が幸せじゃないのか？　派手に金を稼いで見栄を張って生きて行きたいか？　またここに戻ってくるのか？　俺はこの刑務所生活で自問自答を繰り返していた。

ここには悪の情報が流れていて、悪の誘いも多々ある。犯罪者だけが集まった場所にずっといると考え方が麻痺してくる。ここを出ても碌（ろく）な仕事はない。それなら悪に手を染めてでも金を稼いで、その世界で生きて行こう。ここで手に入れたコネクションを無駄にはできない、と誘いに乗り、また逮捕されるまで悪事を繰り返すことになる。そんな人生で良いのか？　ここにいる半数の者は、再犯をして刑務所に戻ってくる。そんな一人になりたいのか？　いやいや、俺はもう懲り懲りだ。生きていけるだけの金があればそれでいい。もうこんな場所には二度と来たくない。これがシンプルな俺の答えだった。

もう間違いは犯さない。仮釈放のための仮面接、本面接を済ませた俺は、ワクワクした期待を胸に宿し、出所の時を静かに待った。

刑務所の門を出る

俺は、刑務官に連れられて刑務所の門へと向かって歩いている。久しぶりに着た私服は、着心地が悪く、サイズが大きいような気がして落ち着かない。空は快晴で雲一つなく、出所するにはもってこいの五月晴れだ。気分はこの空のように清々しく晴れやかで、自然と顔がほころんでくる。昨夜は緊張して眠れないんじゃないか、と思っていたが、すんなり眠りにつけた。ただ、眠りにつくまでは出所して最初に何を食べようかといろいろ思案し、出た答えは甘い菓子パンとコーヒーだった。これなら探さなくてもどこにでもある。決まるとすぐに眠りについた。

刑務所で使用していた下着、留置場や拘置所で着ていた服などはすべて廃棄してもらった。ここで着ていたものを娑婆で着ようとは思わない。刑務所の匂いが染み付き、娑婆で蓄えた悪の垢が染み込んだ服など、豪快に燃やしてもらいたい。ここで知り合った者たちとは、もう二度と会わないだろう。ここでの思い出や出逢いは、ここだけのものにしたい。

一歩一歩、刑務所の門へと近づいていく。これから始まる第二の人生の門が開かれる。ここで振り返ると、また逆戻りしてしまいそうなのでやめた。開かれた門を出ると、刑務官が感情のない声で「頑張れ、もう戻ってくるなよ」と言った。門の外から見た刑務所は、小さく、どこか異国の建物のように見えた。

二〇一三年五月二十三日。晴れ。俺は約二年間閉じ込められた刑務所を出所した。

刑務所から最寄りの駅までは、今日出所した他の四名と一緒にマイクロバスで向かう。駅までの道のりは入所の際に通った道とは違い、長閑(のどか)な田舎道で、こんな田舎にずっといたのかと改めて気づかされる。車内は静かで誰も喋らない。黙って外の景色を珍しそうに眺めている。きっとオヤジの許可なく勝手に喋ると、懲罰になるという規則が頭に刷り込まれているせいだ。いきなり「おい、そこ、何しゃべってんだ」と、言われることを恐れている。まだ出所したという実感は湧いてこない。俺は姿勢を正して座席に座り、手は指先を揃えて膝頭に向けている。そんな自分に気がついておかしくなってきた。俺はもう出所したんだ。自由なんだ。手をグッと握りしめ、拳をつくって大きくガッツポーズをとると、同乗している元受刑者たちが笑った。

最寄りの駅に着いて車を降りると、出所した開放感が満ち溢れてきて、大きく身体を伸ばし深呼吸をした。自由の身になって吸う娑婆の空気は、間違いなく美味しい。駅周辺には何もなく、車が入ってこられるように小さなロータリーとコンビニのような商店があるだけだ。他の者たちは、急いでその商店に入っていったが、俺は我慢をした。今ここで他の元受刑者たちと欲を満たすことに気が引けたからだ。早く一人になりたかった。一人の自由な人間になりたかった。これからは監視されず、揃って行進することもなく、一人で自由に歩くことができる。

そんな喜びを感じる反面、俺はちゃんとやっていけるのだろうか、という些かの不安もあった。しかし、前を向いて進んで行くしかない。もう二度と刑務所には戻りたくない。この強い思いが支えとなって正しい方向に進んで行けるはずだ。人がいない駅のホームに立ち、果てしなく遠くまで続くレールを見ていると、不思議と自信と勇気、夢と希望が溢れ出してきて叫び声をあげたくなった。俺は今、この世界に立っている。この嬉しさは涙となって目から頬にこぼれ落ちた。

コーヒーとドーナツのうまさ

宇都宮駅に向かう電車に乗ると、久しぶりに見る社会という世の中の色鮮やかさに圧倒された。誰も俺が出所したてホヤホヤの元受刑者だとは気づかないだろう。気づかないはずだが、気づかれる要素はないか自分の姿を確認してしまう。乗客たちは静かに座席に座り、景色を見る者、本を読む者、スマホをいじる者、眠る者、さまざまで、あたりまえだが着ている服も皆違う。そんな光景をまじまじと眺めてしまう。例えば今ここで、いきなり俺が暴れだして誰かを殴りつけると、簡単に刑務所に戻ることができる。そんなことを考えると気が引き締まる。ほんの一瞬の判断ミスと行動で、自由を奪われた服従の世界へと逆戻りしてしまうのだ。その怖さと緊張感を忘れないようにしようと思う。吊り革をぎゅっと握りしめ、初めて見る栃木の景色は、どこまでも長閑で平和で夢の中にいるようだった。

新幹線で新大阪駅に向かう前に、駅構内のカフェでドーナツ二つとコーヒーを頼んで席に着いた。周りにはスーツ姿の男性たちがいっぱいいて、早送り再生された映画のように、次々と客が入れ替わっていく。ガラス越しに見える目の前の通路は、遭難してしまいそうなぐらい慌ただしく人々が流されていて、見ているだけで目が回ってきた。

コーヒーを飲んでひと息ついて、娑婆に出て最初の食べ物となるドーナツにかぶりついた。うまい……その美味さに周りの時の流れがスローモーションになっていく。口から入ったドーナツが身体全体をスイートに包み、甘美さに溺れていく。ドーナツが浮き輪のような形をしているのは、溺れないためか。と、つまらないことを考えてしまう。

今頃、炊場工場の受刑者たちは、全受刑者の昼食をせっせと作っている頃だろう。昨日までの日常は一夜にして激変し、俺は世の中という社会の雑踏の片隅で、ドーナツを頬張ることができている。俺は今日から社会の一員となる。泥を被り、傷がつき、錆が回り、一度ボロボロになった身と心とプライドは、どこまで修復されて綺麗になっただろう。ひょっとすると、まだ何も修復されずボロボロのままかもしれない。

新幹線に乗ると、新大阪駅から新横浜駅に護送された日のことを思い出す。その時は刑事に囲まれ腰縄・手錠で新幹線に乗っていたが、今は好きな席に一人で座り、もちろん刑事もいなければ腰縄・手錠もない。しかし状況は違うが、気持ち的には似たような感じがする。それは、どちらもこの先の不安を抱えているということだ。これからどうなるんだろう、という不安は行きも帰りも同じようにある。わずかに違うとしたら、希望があるかないかだけだ。希望があるというだけで、そこから暗い気持ちにはならず、明るい気持ちになっていく。仕事はどうしようか？　友達の仕事を手伝うことから始めよう。住むところは帰住地となる両親が暮らす実家がある。焦らずに少しずつ社会生活に復帰しよう。俺はまだ仮釈放の身だ。満期日を迎えるまでは定期的に保護司に会い、生活状況などを報告しなければならない。遠いところに行ったり、住むところを変えることはできない。焦ることはない。まずは久しぶりに両親と暮らし、親孝行をしよう。

実家での仮釈放生活

大阪では、どこを見ても懐かしさが込み上げてくる。ＪＲ大阪駅から阪急大阪梅田駅に向かう横断歩道。阪急百貨店越しに見える狭い空。ガード下の立ち飲み屋。よく食べに行った洋食屋。駅構内の混雑。匂いまでもが懐かしく、都会の排気ガスで汚れた空気さえも美味しく感じる。

　実家に着き玄関のドアを開けると、母が温かく迎え入れてくれた。まるで重要な仕事に就いて、長い間出張に出て帰ってきたかのように。ただ、両親の表情は固く、安心と心配が折り重なって上手く噛み合っていないような顔をしている。

「いろいろ心配や迷惑をかけてごめんな。これからここで少しお世話になるけど、よろしくお願いします」

「何を言ってんの、ここは自分の家やねんから、遠慮なくおったらええんよ」

　母のこの言葉に、出所後初めて安堵感に包まれた。

　両親と一緒に慎ましい食事をとり、一人で時間を気にすることなく風呂に浸かり、ふわふわの綺麗な布団でぐっすりと眠る。こんな当たり前のことが貴重で贅沢で裕福に感じる。父や母の散歩に付き合い一緒に歩く。懐かしく、同時に親も歳をとったなぁと実感させられる。

「オカン、俺が小学一年生の時、近所の交番に俺のこと逮捕してくださいって言って、連れて行ったん覚えてる？」

「そんなんあったかなぁ」

「えっ、覚えてないの？」

「そんな昔のこと忘れたわぁ」

「俺、おかんのバッグからお金盗んで近所の駄菓子屋で豪遊してたんや」

「ははは、そんなことあった？」

「あったあった。初めは小銭だけやってたんけど、だんだんエスカレートしてきてお札に手を出して、バレたんや」

「アホやなぁ、あんたぁ」

「ほんで交番に連れて行かれたんや」

「逮捕してくれ、言うて？」

「そうそう。そしたら警察官ノリノリやん。俺のこと奥の部屋の牢屋みたいなとこに閉じ込めたんや」

「はっはっは〜お金盗るからや」

「俺、怖くてギャ〜ギャ〜泣いてな。そしたらドアの向こうから俺よりギャ〜ギャ〜泣いてるオカンの声が聞こえてきたんや」

「コントやんか！」

「笑いごとちゃうで、俺必死やってんから」

「そらぁ必死やろね」

「人ごとやなぁ。あの時、オカン泣かすような悪いことしたら絶対アカンなぁって思てん。あれが一番最初に警察の世話になった事件やった」

「そらぁ懲りたやろ？」

「懲りてないから何回も世話になってんやん」

「ほんまアホやねぇ」

「でも、もうええ加減懲りたから、もうないから、心配せんといてや」

「分かった分かった。信用してるから、頑張るんやで」

母は、いつも俺のことを応援してくれている。どうしようもない息子だが、いつも愛情を以て接してくれる。それを今までは、ことごとく裏切ってきた。いつも親のことなど考えず、自分本意で物事を考え、善悪や後先を考えずに行動してしまう。親がどれだけ心配をして、親にどれほどの迷惑がかかるのかなんて考えない。なのに、すべてやってしまった後、何もかもバレた後に後悔しながら親の顔が浮かんでくる。いつものことだ。後のことは、後になった時に考える。両親は今まで、そんな俺を切り捨てるようなことはしなかった。いつも最終的には俺のことを許し、受け入れてくれた。今回もそうだ。身元引受人になってくれたおかげで仮釈放が認められ、早く出所することができた。横を歩く小さい母を見ていると、もう二度と裏切ってはいけないと自分自身に誓わずにはいられない。

新しい仕事が見つかる

数日の間、実家で両親と過ごした俺は、大阪の仲間や友達に会いに行くことにした。そろそろ仕事を探さなければならない。

「ケイ！　久しぶりやなぁ〜」

「おおっ！　クラちゃん、帰ってきたか〜！　お帰りっ！」

「いろいろ心配かけたけど、帰ってきたで！」

「ほんまびっくりしたで。でも、元気そうやんか」

「規則正しい生活してたからなぁ、めちゃくちゃ健康やで」

「そやんなぁ。安心したわ」

「ケイ、かっこええ店つくったやんか〜」

「そやろ、表でタコヤキ焼いて、奥にＤＪブースやで」

「ケイらしくてええやんか！」

「クラちゃん、待ってたで。そろそろ帰ってくるんちゃうかって言うてたとこやん」

「仮釈ようけもらえてなぁ、はよ出てこれてん」

「よかったやん、頑張ったなぁ」

「なんも頑張ってへんで。はい、はい、言うてたら出所してたわ」

「ははは、クラちゃんらしいなぁ」

「さっそくやけど、ケイのタコヤキ食べさせてや」

「だいぶ研究したから美味いで〜、すぐ焼くから待っててやぁ」

ケイとは一緒に散々遊んだ音楽仲間だ。二十代前半の頃、俺はミナミのクラブで踊りまくっていた。その頃よく暴れていたクラブで行われたＤＪバトルコンテストで、俺たちはダンスショーをした。そのＤＪバトルに出場して勝ち上がっていったのがケイだった。俺とケイはそこで出会った。勝ち上がっていくケイのＤＪスキルに歓声を上げて応援していると、ケイは楽勝で日本一のチャンピオンになってしまった。なんて奴だ、と衝撃を受けた。それが初めて会った時の印象だ。その後、ケイはニューヨーク、ロサンゼルスを渡り歩き、音楽修行をして大阪に帰ってきた。そこで俺たちは再会した。ケイは音を作り始めていた。俺はラップを始めていた。ばったり再会した梅田の服屋で話が盛り上がり、気がつくと一緒に音楽を作って遊ぶようになっていた。ケイが音を作って俺がラップをする。俺たちは、KURA&KG名義でアルバムを制作し、いろんなイベントでライブをした。あれから十五年ぐらい経っただろうか。ケイは自身が経営するタコヤキDJバーを地元新世界にオープンしていた。

「はい、おまたせ〜。熱いから気いつけてや」

「あっつぅ！　あっついけど、うっまぁ〜！」

「美味いやろぉ。いろいろ試してこの味に決まってん」

「ケイが表の通りに向かってタコヤキ突いてたら、ＤＪしてるみたいや」

「そやろ。でもタコヤキ屋のオヤジやで」

「ファンキーなタコヤキ屋や！」

「ところでクラちゃん、これから仕事とかどうすんの？」

「そやねん、まだ決まってへんねん。これから探さなアカンわ」

「決まってへんねんやったら、ここ一緒にやれへん？」

「えっ！　うそん！　ほんまに？」

「クラちゃん帰ってきたら誘おうと思っててん」

「ケイ……まじか！　めちゃくちゃうれしいわ。やるわ！　やる。やらせてもらう」

「よし！　決まりや！」

出所後の仕事は、このようにして簡単に決まってしまった。持つべきものは友と言うが、懲役帰りの俺に仕事を用意してくれていたケイの気持ちに感動し、嬉しくて泣きそうになった。喜んで働かせてもらうことにした。

実家から新世界までは、電車を乗り継いで一時間半ほどかかる。梅田で阪急電車を降りて地下鉄に乗り換え、動物園前まで行く。駅で電車を降りて地下から地上に上がると、ジャンジャン横丁の入口だ。高架下を歩いて行くと、いつもギターを抱いて弾き語りをしているおっちゃんが、気持ち良さそうに唄を歌っている。

表の通りに向かってタコヤキを焼いていると、目の前をいろんな人たちが通り過ぎていく。それを見ているだけで全く飽きない。観光客とこの街の住人の差は歴然で、ぱっと見てすぐに分かってしまう。

ケイの店を手伝いだしてしばらくすると、かつて大阪ミナミのクラブでのイベント、ブラックナイトを一緒にやっていたメンバーや当時のブラックナイトに遊びに来ていた連中たちが集まり、この店で俺のカムバックパーティーをしてくれた。久しぶりに懐かしい顔ぶれが揃って、とても嬉しかった。

俺はマイクを握って叫んだ。

〝帰ってきたぞー！　俺がパブリック・エネミー〟

再び刑事たちの気配

店で流れる音楽を聴きながら、人が行き交う新世界の街を見ていると、毎日見かける人が何人もいる。おそらく生活保護を受けている人たちで、このあたりに住んでいるのだろう。ここは浪速区だが、大きい通りを挟んで隣がすぐ西成区だ。日本一生活保護受給者が多い街なのだ。そんな人の流れを見ていると、自転車に乗った怪しい二人組が毎日通ることに気がついた。その二人組はさりげなく周りの人をキョロキョロと見回し、何かを探しているように見える。俺はピンときた！　あれはおそらく刑事だ。自転車を見ると普通のママチャリだが、チャリのくせにハンドルの左右にはバックミラーが付いている。きっとあのミラーで通り過ぎた人の顔や態度を窺っているのだ。

このあたりには、全国から何らかの理由でこの街に流れ着いてきた者たちが多い。中には犯罪者なども紛れ込み、警察に指名手配されている者が安宿に泊まり、潜伏していることもある。そのような者たちを見つけるために、刑事たちがパトロールしているのだ。

観察していると、いつも午後四時頃に店の前を通り過ぎて行く。格好が見るからに刑事っぽい。街に溶け込もうと中途半端な作業着のような服を着ているのだが、これが全然似合っていない。作業員にしてはさっぱり小綺麗で、髪型がビシッとキマりすぎている。一人は柔道家のような体つきで、いかにも喧嘩が強そうだ。もう一人は華奢な体つきをしているが、眼光が鋭く、とても頭が良さそうに見える。

じっと見ていると、いきなり二人同時にこちらを向いた。そして俺と目が合うと、二人同時に軽く頷いてきた。えっ！　なんだ？　俺は戸惑った。戸惑っているうちに刑事らしい二人が乗ったチャリが去っていった。なんだったんだ今のは？　刑事らしい者たちは、まるで俺が刑事だと気づいているということに気づいているような感じがした。俺の正体を知っていて、いつも見ているぞと言っているような気さえしてくる。それはきっと考えすぎだろうと思うが、次の日も同じように挨拶をしてきた。

勘が当たっていれば、あいつらは俺のことを知っている。俺は開き直って笑顔で手を上げてやった。すると刑事らしい者たちは軽く笑った。それから目が合えば頷く程度の挨拶をするようになったが、一度も会話したことはない。ひょっとすると、この店か俺がマークされているのかもしれない。週末になると店には音楽好きなパーティー野郎たちが集まってくる。警察の内偵捜査の対象者が紛れ込んでいても、こちらは分からない。そんなことを考えだすときりがないのでやめておくことにした。周りはどうであれ、今の俺は真面目にタコヤキを転がし続けているだけの、タコヤキロッケンローラーなのだから。

店に毎日来る常連さんで、ヤーマンという人がいる。いつもまごまごしながら店にやってきて、三歩進んで二歩さがり、一歩進んで躊躇する。そして何とか店内のカウンターのいつもの席に座ると、いつものように話しだす。

「きたで！　クラさん」

「いらっしゃい、ヤーマンさん」

「はい、これっ、いつものやつ」

「いつもありがとう。毎日まんじゅう貰ってたら仏さんの気分になりますわ」

「はははは っ、ほんまや。拝んどこ」

「あれっ、ヤーマンさん、髪切ってるやん」

「そやねん。バッチリやろ」

「うん、バッチリバッチリ」

「散髪屋でちゃんと説明したから、思うようになったわ」

「説明って、短くして、でいいですやん」

「あかん、あかん。それじゃ心配やから絵描いてん」

「えっ！　絵!?」

「これ、これ見せたからバッチリやねん。見てみて」

ヤーマンさんは五十過ぎの痩せたおっちゃんだが、財布から出した小さなメモ用紙に描かれていたのは、小学生の子が無理に劇画調に人の顔を下手くそに描いたような絵で、肝心の髪型は顔の上に描かれた一本の線だけだった。その線は角刈りの角を軽く丸めて、前髪は真ん中あたりがやや尖って長くなっている。

「ヤーマンさん、これ、散髪屋で見せたん？」

「見せてん。分かりやすいやろ」

「この絵を見せて、これにしてって？」

「そう、そう」

「散髪屋さん、なんて言うてましたん？」

「う〜ん、よっしゃまかしときっ、言うてたわ」

「すごいやん！　その散髪屋」

「そやろ。最近そこにしてんねん」

「ヤーマンさん、そろそろ笑っていい？」

これが本気なのだ。ヤーマンさんは微妙な角度や長さを伝えるために、何度も描き直したと言う。最高傑作のメモ用紙は、また次回のために大事に財布にしまっておくらしい。

そんなヤーマンさんは人に優しく、とても几帳面で、音楽が大好きで、このタコヤキ屋と百均ショップを誰よりも愛している。百均ショップで良い商品を見つけると、必ず見せに来てくれる。

「クラさん、新作、新作見つけたで！」と言って、黒いサングラスをかけて、いつもよりまごまごしながら手探りで店に入ってきた。

「ヤーマンさん、いらっしゃい。何、新作って」

「これ、これ！」自分が今かけている黒いサングラスを指差した。

「ほう、サングラス？」

「うん。サングラスにもなるけど、紫外線の予防にええんやて」

「へぇ〜、ええのん見つけましたね」

「クラさんのも買ってきてん。つけてみて」

「えっ、いいんすか！」

「目って大事やから。はい、これ」

手渡された黒いサングラスをよく見ると、レンズがあるであろう部分にレンズはなく、爪楊枝で突いたような穴が無数に空いている。全体がプラスチック素材で一体となってい て、とても軽い。俺は首を軽く捻りながら、そのメガネをかけてみた。

「ヤーマンさん、これはやばいわ」

「そやろ。ええやろ」

「ヤーマンさん、これかけてチャリで来たん？」

「そやで」

「ヤーマンさん、事故るで」

「大丈夫、大丈夫〜」

「いや、これは移動中にかけるもんじゃないわ。前見えにくいやん」

「でも、紫外線から目を守ってくれるねんで」

「ヤーマンさん、その前に身を守らんと。この小さい穴からしか前見えへんやん」

「そやねん。そこがネックやねん」

「さっき、手探りで店入ってきてましたやん」

「せっかく買ったし、つけとこ思て」

「ヤーマンさん、ハードボイルドすぎるわ」

いつもこんな調子のヤーマンさんのおかげで、店が暇な時も楽しく過ごすことができていた。出所後は酒もタバコもやらず、時々飲むコーヒーで安らぎを感じ、ケイが回すレコードに乗って自由にラップしたり踊ったりして遊んでいる。週末のＤＪイベントではタコヤキを焼きまくり、爆音の音楽で客たちと盛り上がる。楽しくない訳がない。こうして俺は新世界という街の一員となっていった。


「シャブの売人なんかご存知ないですか?」

季節が移り変わり、熱々のタコヤキの鉄板に手をかざしても寒さが紛れない、そんな時期に、モジャモジャ頭の兄ちゃんが一枚のチラシを持って店に現れた。「すみません、このチラシ見て頂けますか？」モジャモジャ頭が、折り畳まれていたチラシを開き、俺の目の前に広げて見せてきた。

「ん？　何ですか、これ？」タコヤキの客じゃないと分かって、少し訝しんだ。

「この人、探してまして。ご存知ないですか？」指で差されたチラシには、若い男の顔が写っている。

「いや〜、見たことないですね〜。この人どうかしたんですか？」

「なに、なに、どうしたん？」ケイが横からチラシを覗き込んできた。

「いや、実は今、映画を撮ってまして、その流れでこの人を探しているんです。申し遅れました、私、助監督のシマダといいます」モジャモジャ頭を下げて丁寧に挨拶をしてきた。

「映画!?」俺とケイは見事にハモって声をあげていた。

「この辺で勝手にカメラ回したら、いろいろうるさいで〜」ケイが地元代表の声で言った。

「はい。その辺もわきまえてまして、いろいろリサーチも兼ねているんですが……やはりこの人は見かけたことないですか……」シマダはチラシに目を落とした。

「ない、ない。絡んでても忘れてまうぐらいウジャウジャ人おんのに」ケイが店の前の雑多な街並みを眺めながら言った。

「それで、どんな映画なんですか？」俺は気になって聞いてみた。

「はい。この映画を撮ってる監督が以前この街を訪れて、このチラシの男性に出会ったんです。その時にこの男性と話をして、大きく心を揺さぶられたんですね。名前も知らなくて、この一枚の写真しかないんです。この男性を追って、この街で映画を撮りたいと熱望されたんです。監督の体験が元になった映画なんです」

「へぇ〜、そうなんですね」もう一度顔写真が載ったチラシを見たが、何の心当たりも浮かばなかった。

「ところで変な質問になりますが、シャブの売人なんかご存知ないですか？」シマダが恐縮しながら聞いてきた。

「はぁあ!?」またしてもケイと俺はハモっていた。

「シャブの売人!? そんな知ってどうすんの？ シャブ買いにきたんか？」ケイが呆れながら言った。

「いや、違うんです。その映画の流れで、シャブの売人を探しているんです」シマダが弁解するように言った。

「そんなもん、その辺にゴロゴロおるで〜。まぁ一番近いところで、ここにおるやん！」

とケイが言って、笑いながら俺を指差してきた。

「えっ！　え〜〜!?　売人さんなんですか？」シマダは驚きと喜びが混じり合ったなんとも言えない顔をして、俺を見つめてきた。

「そうそう。元売人やけどね」俺は親指で自分の顔を差して言った。

「ちょ、ちょ、ちょっと待っててください。すぐ、すぐに監督を連れてきます。まだここにいらっしゃいますよね？」シマダは急に慌てだした。

「いますよ」という俺の返事を聞く前に、シマダはモジャモジャ頭を振り乱して走り去って行った。

「なんやあいつ!?」俺とケイは声を合わせて言って、首を傾げた。

映画監督との出会い

十分後、一人の男を連れてシマダが店に戻ってきた。「先ほどはどうも。あの、この方が監督でして……」と言って、息継ぎをしながら連れの男を紹介してきた。

「あっ、どうも、あの、オオタと言います。あの、売人の方がいらっしゃると聞いて、急いで来ました」オオタと名乗る男が息を切らしながら言った。二人とも走ってきたようだ。

「はじめまして。クラです。元売人ですけどね」タコヤキを突きながら言った。

「少しお話を聞かせて頂くことはできますでしょうか？」

オオタは少しオドオドしたような態度で話しかけてきた。髪はボサボサでやや長く、今かけているメガネを外して銀縁の丸メガネをかけさすと、ジョン・レノンそっくりの顔になりそうだ。芸術家のような雰囲気を纏っているが、それはまだまだ未熟で実っていないように見える。歳は三十過ぎぐらいだろうか。シマダと並んでいると、高校からの同級生ですといった感じがする。

「いいですよ」タコヤキをひっくり返しながら答えた。

「ありがとうございます。あのぉ、クラさんは、もう売人をされていないんですよね」様子を窺うようにして聞いてきた。

「やってないですよ。タコヤキは捌いてますけどね」ちょうどよく焼きあがってきたタコヤキを串に刺して、口の中に放り込んだ。「あっつぅ、熱いけど、うまぁ」

「美味しそうですね。一つ頂けますか？」オオタが鉄板の上で焼きあがってきたタコヤキを覗き込んで、生唾を飲んでから言った。

「はいよっ。今食べるなら中のカウンターにどうぞ」タコヤキを舟に載せながら言った。

「では、二つください」まるでシャブでも買いにきたかのように緊張しながら言ってきた。オオタとシマダは恐る恐るといった感じで店内を見回しながら入ってくると、静かにカウンターに腰かけた。

「DJブースがあるんですね。音響もすごく良い」オオタが少し緊張をほぐすようにして、独り言のように呟いた。

「週末はだいたいDJが入ってイベントしてるんですよ」DJブースでゴソゴソやっているケイを見ながら、オオタの独り言に答えた。「はいどうぞ。熱いから気をつけて」カウンターに座る二人の前に焼きたてのタコヤキを置いた。さっきふりかけたカツオ節が踊っている。

「ありがとうございます。頂きます」オオタとシマダは行儀良く挨拶をして、タコヤキを串で突きだした。

俺はなぜか二人が持つ串が注射器に見え、行儀良く二人揃ってシャブをキメている姿を想像してしまい、一人で笑ってしまった。

「えっと、どうかしましたか？」オオタが不思議そうに俺を見つめながら問いかけてきた。

「いやいや、二人を見てたら面白いなと思ってね。で、チラシの若い男は見つかりそうなんですか？」タコヤキは焼き終わったのでカウンターに立って尋ねた。

「いやぁ〜、難しそうです。一度会ったきりだし、あの写真しかないですから……」オオタは残念そうに言った。

「チラシの男は映画に重要なんですか？」シマダがカウンターに置いていたチラシを、俺はもう一度手にとって開いた。

「一度この街で偶然出会って立ち話をしただけの若者なんですけど、当時の僕にとっては衝撃的で、彼の言った言葉が心に刺さりまして……まぁ、でも、見つけられなくても映画の撮影は進行していきます」オオタの目に力強い意思がはっきりと現れ、その目が真っ直ぐに俺を見てきた。

「ほう。そうなんですね。で、監督は今シャブの売人を探してる」俺は売人が客を値踏みするような目をオオタに向けながら言った。

「はい。ぜひ、御協力頂けないでしょうか？」真剣で誠実で嘘のない目は、なぜか俺をワクワクさせた。

「監督、なんか面白そうやね。僕に協力できることがあれば手伝いますよ」この時から俺は、オオタのことを監督と呼ぶようになった。

「ありがとうございます。とても心強いです。ところでクラさんは、どうして売人をやめたんですか？」監督は答えにくい質問を気軽に放り込んできた。タバコはいつやめたんですか？　という質問のように。

「懲役行ってね。出所して半年ちょっと経つかな」俺は監督のことを話せる相手だと判断し、正直に答えた。

「あ、そうなんですね。何か変な質問をしてすみません」監督は少し申し訳なさそうに言った。

「ぜんぜん大丈夫ですよ」今日はもう売れそうにないタコヤキを食べながら返した。

「やっぱり薬物関係で？」監督は遠慮しながら、興味を隠せずに小声で聞いてきた。

「そうです。田代まさしにシャブ売り捌いてね。懲役三年です」

「えっ、えええ～！　あの、田代まさしですか？」鳩に豆鉄砲。見事に命中し、監督とシマダは固まって驚いた。

「クラさん、それは、ニュースになりましたでしょう」監督は半分腰を浮かせて言った。

「なったようですね。夕方のニュースにバッチリと」両手首を合わせて手錠をかけられたポーズをとって見せた。

「それは、大変でしたね。いろいろお話を伺いたいところです」

「ぜひ、またゆっくり時間がある時にでも。で、監督、どんな協力がいるんですか？」

「早速なんですが、この辺りの売人はどこにいるのかご存知ですか？」急にキリッとした表情になった。

「知ってますよ。新今宮の駅の近くの路地に立ってるわ。すぐそこ」だいたいの方角を指差しながら言った。

「あの、そこ、連れて行ってもらえないでしょうか？」案件が案件だけに気が引けているのか、監督は躊躇しながら聞いてきた。

「いいですよ。もうすぐ仕事終わるから、行きましょか」監督が躊躇しているので、気軽に答えてやった。

「そ、そうですか。あっ、ありがとうございます。では、ちょ、ちょっと用意がありますので、一度戻って三十分後にまた来ます。大丈夫ですか？」急に慌てだした。

「いいですよ」という返事を聞いたと思ったら急いで去っていった。

「クラちゃん、あれ？　あいつらは？」ケイがＤＪブース内の作業を終えて顔をあげると言った。

「またどっか行ってもうたで」俺はＤＪブースに向かって大声で返事をした。

「忙しいやっちゃな～」二人で笑った。

三十分後、監督は他に三人連れて店に戻ってきた。他の三人はカメラマンと音声とアシスタントだと紹介された。全員表情は硬く、緊張しているように見える。上手く隠しているのか見た感じ目立った機材は持っていないようだが、堂々とカメラを回すのは控えるように注意した。

誘惑に負ける

「いよっしゃぁ、ほな売人ツアーいきましょか～」

俺と四人は歩きだした。今日もいつもと変わらず新世界は小便臭く、店のネオンでキラキラと輝き、眩しいほどの光を放っている。通天閣の脚元を通りすぎ、堺筋に向かって歩いていくと、串カツ屋の前に酔っ払いたちが群れ広がり、今日一日のストレスをそこら中に撒き散らしている。この街はいつからかそんな人々のストレスを受け止め続け、強靭で泥臭い華やかさを醸し出した他にはない独特な街となっている。通天閣近くの公衆便所には「注射器を便器に捨てるな」と貼り紙がされている。珍しくトイレを貸してくれるコンビニを見つけて中に入ると、やっぱり「注射器捨てるな」と貼り紙がされている。このあたりでは当たり前の注意喚起なのだ。路地裏に立っている売人からシャブを仕入れると、我慢できない者は公衆便所やコンビニのトイレで一発放り込む。ゆっくりしたければドヤ（安宿）に泊まるか、個室のビデオ試写室に入ったり、ネットカフェに入れば誰にも邪魔されることなく一人でぶっ飛んだ時間が過ごせるというわけだ。

俺がやけに詳しいのには理由がある。それは過去に利用したことがあるからだ。いや、もっと言うと最近も利用してしまったからだ。新世界から十分ほど歩くと道端に売人が立っている。最初は散歩ついでに以前と変わらず売人が立っているのか確認するつもりで行ったのだが、帰りにはきっちりと買い物をして帰っていた。小さく加工された茶封筒の中には、注射器とシャブの入ったパケと売人の連絡先が書かれた紙きれが入っている。急いで入ったビデオ試写室でその中身を確認した時には、興奮して心臓が口から飛び出してしまいそうなぐらい跳ね上がっていた。

俺は、またしても同じ過ちを繰り返していた。懲役に行っても、あれほど自分に誓いを立てても、結局またやってしまうのだ。一人で出向いて、知らない売人とすれ違いざまに一瞬で取引を済ます。誰も俺がシャブをやっていることは知らない。バレることはない。

危険なのは取引現場を刑事に押さえられるか、取引後に警察の職質を受けるかのどちらかだ。試写室かネットカフェに入ってしまえばこっちのもんだ。全部キメてしまえば所持ではない。よっぽどのことがない限り、職質からの尿検査には至らない。俺はまたシャブに負け、自分は大丈夫だという考えになっていた。

「クラさん、売人は結構な確率でいるんですか？」監督が俺の横を歩きながら聞いてきた。

「だいたいこの時間には立ってると思うけど、どうかな〜、全然いない時もありますからね」俺は最近シャブをキメた日から何日経っているのか、指折り数えながら答えた。

「いろいろポイントがあるんですか？」事前に情報を入手しておきたいのか、監督は取材記者のように意気込んでいる。

「多分見えない縄張りがあるんですよ。ちょくちょくポイントも変わってますね」前にシャブをキメてから一週間以上は経っている。何かあっても大丈夫だろうと心の悪が頷いた。

「今から行くところは、最近よく売人がいるポイントということですか？」随分熱が入ってきた。

「そういうことです。まず普通に歩き回って偵察しましょう。売人がいたら教えますよ」

「はい。ありがとうございます。よろしくお願いします」監督は後ろから付いてくるスタッフと何やら打ち合わせを始めた。

堺筋沿いを歩いてＪＲ環状線の高架を越えて、太子交差点を右に曲がると阪堺線の線路が見えてきた。線路を越えて左に曲がり線路沿いの路地に入ると、急に街灯が少なくなり薄暗くなる。

「監督、あまりキョロキョロせずに自然に歩きましょう。この辺やけど、いないな。ちょっと先に進みましょう」

この前にいた場所に売人らしい人影は見当たらない。客を多く持っている売人は、電話がかかってきて注文を受けてから場所を指定して出てくる。この場所で以前取引をした客が注文の電話をかけると、まったく違った場所を指定してくることもある。売人たちは危険を回避するために安全策を考え、試行錯誤し、常に流動的で一つの場所に留まることはない。ここらの売人が留まるのは、警察に逮捕され留置場に放り込まれた時だ。俺は売人に電話をかけるようなことはもうしない。売人たちは足がつかないようにトバシの携帯を使っているが、それは使用する者の身元が判明できないだけで、その電話に発信した者は履歴が残るし、なんなら売人がこちらの連絡先をその携帯に登録するかもしれない。そんな携帯電話が警察に押収されると面倒だし、一人の売人に執着して仲良くなっても碌なことはない。見ず知らずの通りすがりの売人から、すれ違いざまに一瞬で取引をして終わらせる。今では前科のある俺は、その方が安全だと考えていた。

「監督、今日はアカンわ。ぜんぜん出てきてへん」俺は立ち止まって言った。

二、三人立っていることもある通りには、まったく人影が見えない。堺筋沿いから路地に入った他のポイントも見に行ったが、売人らしい姿は見えなかった。誰かがパクられて表には出てきていないのか、完全に場所を変えているかのどちらかだ。

「そうですか。残念ですがしょうがないですね」監督の熱が一気に冷めていくのが分かった。

この日は諦めて西成の三角公園の方に向かった。公園の前には無料簡易宿泊所があり、年配の労働者たちがそこら辺に座って酒を飲んでいる。公園の裏に回ると、路上に会議室にあるような折りたたみ式テーブルを置き、その上に大きな白い布をかけて花札博打をしている。ガタイのいい四十過ぎぐらいに見える親は、ウエストポーチに現金の束を入れ、テーブルを挟んだ向かい側に並ぶ労働者らしいおっちゃん四人と千円単位で勝負をしていた。

「よぉ〜し、こいつ、こんかったら飯抜きじゃ」酔っ払いのおっちゃんが声を張り上げる。

「おっさん、もうあがった方がええで。引き際が肝心やで」親が呆れ顔で笑いながら言った。

「わしの人生やっ、好きにさせてくれっ」おっさんは本気の様子だ。

しかしおっさんは勝負に負けた。肩を落としてしょんぼり帰るのかと思ったら、胸を張って笑いながら帰って行った。このような人間模様はこの街でしか見られない。社会の底辺で息づく者たちは、一日一日を楽しみ、自分らしく生きている。明日のことは明日になってから考える。人間よりも動物に近く、マンガのような生き方をした憎めない人たちが多い。自由を選んで生きてきた結果なのか、下手を打って流れ着いた結果なのか、何かから逃げてきた結果なのか、この街の者たちは刑務所の受刑者のように何かを抱え、罪と罰を背負い、その荷を降ろせないまま生きているような気がしてならない。酔っ払いのおっちゃんたちの笑い声、ホルモンの焼ける匂い、カラオケの唄声、ダンボールハウス、リヤカー、野良犬と野良猫。俺たちは歩きながら西成の街の雰囲気を充分に味わったところで監督と連絡先の交換をして、今日のところは引き揚げることにした。

再びのシャブ生活と映画出演の誘い

後日、ミナミの知り合いのバーで遊んでいると、いきなり監督から電話がかかってきた。

「もしもし、オオタです。クラさんでしょうか」

「はい。監督、どうしました?」

「先日はどうもありがとうございました。あのぉ、実は少しお願いがありまして……」

「お願い? お願いって何ですか?」

「あのぉ、クラさんに売人役をやって頂けないかと考えてまして……」

「えっ、売人!? 撮ってる映画の?」

「はい。やって頂けないでしょうか?」

「う〜ん、売人ね〜、監督、なんでまた俺なん? 役者いないんすか?」

「はい。一応いるんですが、この前クラさんとお会いして、やはり元売人という本物の方の方がリアルで説得力があると思いまして……」

「なるほどねぇ……う〜ん、それって顔映らんようにできます?」

「はい。カメラのアングルを考えて映らないように調整します」

「そうですか。よしっ、やりましょ。この前は中途半端やったし、面白そうやん」

「あっ、ありがとうございます。ちなみに今、どうされてます？」

「えっ！　今？　ミナミにおるけど……」

「クラさん急ですが、もしよろしければ、これからはいかがですか？」

「監督、ほんまいきなりで急やなぁ〜、ええよ、やりましょか〜」

「ありがとうございます。では、この前に僕たちが別れたところまで来られますでしょうか。タクシー代はこちらで払いますので」

「分かった。今から行きますわ」

「ありがとうございます！　では、お待ちしています」

電話を切ると、なんだか可笑しくなってきて一人で笑ってしまった。刑務所を出所したての元売人が、ひょんな出会いからよく分からない映画に売人役で出演することになってしまった。なんなんだいったい。つくづくシャブに縁があるのか、それとも俺が寄せつけているのか……答えは分かっている、俺から歩み寄っているのだ。自分で売人のもとに出向いてシャブを買い、自分で元売人だと名乗ってオオタ監督と出会った。誰のせいでもなく、全部自分で招いて導いた結果なのだ。

それにしても俺は何をしているのだろうか。散歩ついでに向かった新今宮の路地裏で売人を見つけ、きっちり買い物をして、またシャブに手を出してしまった。あれ以来、一週間から十日ほど経ってシャブが身体から抜けると、またシャブ欲しさに買い物に出かけて行くようになった。散歩ついでと納得させて自分に言い訳をしていただけで、結局、俺はシャブを求めて売人を探しに行っていたのだ。一度やるとまた始まってしまう。さすがに毎日キメるようなことはもうしないが、完全にシャブを忘れることはできず、自然と想いを寄せてしまう頃には、ソワソワしだしてまた手を出してしまう。

俺はもうシャブという呪縛から抜け出すことはできないのだろうか。二度と刑務所になんか戻りたくない。そう強く思っているにもかかわらず、バレない、捕まらない、大丈夫だという意味不明な自信だけが脳の全体を占めていた。シャブをキメてミナミに繰り出し、フリーで入れるクラブやＤＪバーで踊り明かす。昔からの仲間たちはハッパを持っている者が多く、分けてもらったり一緒にキメたり簡単にすることができた。俺は、またしても飛び道具を使って楽しむ生活に戻っていた。このままではいけない。このままではいけないと分かっているのだが、ぶっ飛んで楽しく遊んで暮らすことを優先してしまい、自分ではどうすることもできずにいた。

監督の異様な熱意

タクシーが待ち合わせの場所に到着すると、通り沿いの歩道に監督とスタッフたちが雑談をしながら俺を待っていた。

「クラさん、忙しいところどうも、ご足労頂きありがとうございます」監督は前回と同様に礼儀正しく挨拶をしてきた。

「いやいや、どうせ碌なことしてなかったから、大丈夫ですよ」さっきまでミナミのバーでハッパを吸って寛いでいたことを思い出しながら続けて言った。「で、監督、俺は何をしたらいいの?」

「はい。安宿をとってまして、そこを売人のアジトのような設定にしています。そこに売人としていて頂きたいんです」監督はスタッフたちから距離を空けるようにして、歩きながら言った。

「なるほど。で、どうなるん?」俺は監督の動きに合わせて一緒に歩きだした。

「そうですね。簡単に流れを説明します。売人のクラさんがいる部屋に僕が訪ねていきます。僕はドキュメンタリー作家を目指している男で、宿の近くで拾った情報で、ここでシャブが手に入ると聞いて部屋にやってきます。そこで僕とクラさんが対面して遣り取りをする。そういう流れです」監督は時々遠くを見ながら、何かを考えるようにして言った。

「分かりました。その遣り取りはセリフとかあるんですか？」次から次へと急いで通り過ぎていく車を眺めながら言った。

「いや、ないです。僕の問いかけや、行動に応えて頂ければ……はい、有り難いです」たった今思いついた、決心がついた、というような感じで言ってきた。

「なるほど。行き当たりばったりの即興ライブみたいな感じや」なんだか楽しくなってきた。

「そこでなんですけど、クラさん。あのぉ、シャブなんですけど……どうにか手に入らないでしょうか？」監督は恐る恐る小声で聞いてきた。

「はぁあ!?　シャブ仕入れてどうすんの？　絵的に欲しいってこと？」俺はびっくりして監督の顔を見た。その顔は覚悟が決まった男の顔をしている。

「クラさん、撮影用の偽物のシャブは宿に用意してあります。僕、その撮影現場で実際に本物のシャブをキメてみたいんです」監督の表情、目、口調からは百点満点の真剣さが滲み出ていた。

「監督……マジで言うてんの？」俺はその場に立ち止まって言った。

車道を通り過ぎていく車が急にスローモーションのように流れていく。さっきまで聞こえていた街の喧騒が嘘のように聴こえなくなった。何を言っているんだこいつは。ただの興味本位でシャブを体験したいのか、それとも映画のために体験する必要があるのか、そのどちらかなのはなんとなく分かるが……。

「本気です。やはり実際にシャブをやってみないことには、分からない部分があると思うんです。それに僕の映画はリアルでないと伝わらない。この際にシャブを経験したいんです。クラさん、お願いします」監督はゆっくりと説得力のある声で言った。

「分かった。でも、どうなっても知らんぞ」俺は監督よりも説得力のある声を出して言った。

「はい。すべて自分の責任です。クラさんのせいでも誰のせいでもありません」監督は力強く言い切った。

「よっしゃ、分かった。1万円持ってこい。シャブ仕入れるぞ」

「はいっ。ありがとうございますっ」監督はスタッフがいる方に急いで走っていった。

しばらく待っていると、スタッフらしい男が歩いてきた。

「クラさん、用意できました」男は少し不安そうな顔で言った。

「なんやキミが来るんか？　監督は？」

「監督は打ち合わせとか用意とか、他にやることがありまして……」

「そうか。キミ、損な役回りやな」

「いえ、自分、監督見習いなので、これも勉強のうちです」

「シャブ買いに行くことが、か？」

「はい。監督が必要とする物を、用意するのも見習いの仕事だと思うんです」

「素晴らしい。監督見習いの鑑や。警察に捕まるかもしれんぞ」

「……捕まりますかねぇ」

「100パー大丈夫とは言えんぞ。現場押さえられたらアウトや」

「はい。頑張ります」

「頑張らんでもええ。キミ名前は？」

「タジマです。よろしくお願いします」

「よし、タジマくん、もたもたせんとちゃちゃっと済ますだけや。行こか」

俺たちは売人を探しに歩き出した。時間は深夜十二時を回っている。週末の夜だし、売人はどこかに立っているはずだ。冬の西成は他の街よりもなぜか寒く感じる。それはおそらく精神的にくるもので、今からシャブを買いに行くとなると、精神の奥底から全身に薄ら寒さが伝わってくる。タジマは寒そうに背を丸め、俺の横を前を向いて歩いている。いくら監督見習いといえども、監督が理想とする映画作りのために、これから売人を見つけてシャブを仕入れなければならない。なんなんだこいつらは。監督はシャブをキメたいと言い、監督見習いはシャブを買いに行くという。単なる馬鹿野郎なのか、それともこの映画に対する情熱がハンパないのか……おそらくどっちもだ。こいつらはバカがつくほど映画が好きで、この映画に全身全霊で身体を張って挑んでいる。「おもろいやんけ～」ついつい声に出していた。

「えっ、どうしました」タジマがビクッとして言った。

「タジマくん、おもろいな～言うてんねん」

俺たちは堺筋に出て、通り沿いを南に向かって歩いた。俺は売人が立っていないか路地の奥をさり気なく窺った。すると30メートルぐらい路地を入ったところに、同じ場所で落ち着きなく立っている者がいた。

「おいっ、タジマくん、こっちや」

「えっ、は、はい」

「前に一人立ってるやろ」

「はい」

「あれ、たぶん売人や」

「はい」

「いくぞ」

「はい」

「近づいたら、あるかって聞いてみ」

「えっ」

「あるか？　って聞くんや」

「え、あっ、はい」

「売人やったら、何個って聞いてくる」

「あ、はい」

「そこで1万出すんや」

「な、なんか怖いです」

「アホかっ、1万貸せ」

売人らしい者との距離が10メートルほどになると、その者はこちらをチラチラと見ながら様子を窺っているのが分かった。間違いない、売人だ。

「ある?」

「いくつ?」

「いっこ」

「はい、気いつけて」

「ありがと」

わずか五秒ほどで通り過ぎて行く。ここで焦って慌てたりはしない。さっきまでと同じようにゆっくりと自然に歩いていく。この辺りでシャキシャキと早歩きをしていると、すぐに警察に職質をかけられる。シャブが効いている者たちは、落ち着きなく周りをキョロキョロと見渡し、急ぎ足になる。シャブ取り名人の警察官の恰好の餌食となってしまう。

「タジマくん、監督見習い失格や」

「あっという間でしたね」

「持っとくか、これ?」

「いえ、持っててください」

「便所掃除係に降格や」

すぐに売人が見つかり、上手くシャブを仕入れた俺とタジマは監督たちと合流して、その足で売人クラのアジトとなるドヤに向かった。

「クラさん、意外と早く手に入りましたね」監督がドヤに向かう道すがら言った。

「売人さえ見つかれば、あっという間やで」ジーンズのポケットに突っ込んだ、シャブが入った茶封筒を確かめながら言った。

「ありがとうございます。これから売人のアジトとなる部屋で撮影をします。クラさん、よろしくお願いします」

「監督、ほんまに本物のシャブぶち込むで。大丈夫やな」念のためにもう一度確かめた。

「はい、お願いします」

監督の返事は早く、一切迷いがないように感じた。それにしても怖くはないのだろうか。つい先日出会ったばかりの元売人の俺を完全に信じている。例えば俺が悪に徹して、映画が完成した頃にあのシャブは本物だったとリークすると脅し、強請（ゆす）ることもできる。それならそれで構わないと思っているのだろうか。俺のジーンズのポケットの中にあるシャブが碌でもない代物で、死んでしまったらどうしようとか考えないのだろうか。信じられると裏切るようなことはできない。だがシャブに関して言えば、裏切る、裏切られるが日常的に行われ、その結果、事件に発展することもある。この男は何も考えていないのだろうか。それとも本当に馬鹿野郎なのか。俺は横を歩く映画監督を盗み見た。

「クラさん、シャブをキメると、どうなるんですか？」興味津々な眼差しで聞いてきた。

「ん？　シャブキメたら？……頭スコーンとしてシャキーンとするわ」

「スコーンとしてシャキーンですか」

「俺が初めてやった時は、雄叫びをあげたね」

「本当ですか！　なんかいいですね」監督は少し笑いながら言った。

しかし、撮影をするドヤの前で監督が近寄ってきて、改まって話があると言ってきた。

「どうしたん？」

「実は、本物のシャブを打つということをスタッフに話したところ、ちょっとトラブルになりまして」困惑した顔をして言ってきた。

「トラブルって？」

「はい。本物を打つんだったら、この映画から降りるって言う出演者が出てきまして」

「なるほど。そらぁ、嫌がる人もおるか」

「とりあえず、本物は打たないと言ってなだめ聞かせて、なんとか落ち着きはしたんですが……」

「そうか……じゃあ本物はやめとくか」

「そこなんですけど……言わなければ分からないと思うんです」監督が神妙な顔をして小声で言った。

「ほう。じゃあ本物使うの？」

「できれば、そうしたいんですが……」監督の口調からは、迷っている感じが窺えた。

「なんでそこまで本物にこだわるの？　役者やったら演技でカバーすればええことやん」

俺は知りたかったことをやっと質問することができた。

「はい、そうですよね。でも僕、思うんです。とくに日本の映画俳優たちの当事者ではないのに、さもしたり顔で当事者を演じきったふりをしている芝居に憤りを感じるんです。覚醒剤の味を知らずに、覚醒剤は描けないと思うんです」

監督の気持ちの直球を俺の心のグローブがキャッチしたが、そのあまりの球威に取りこぼして、球が目の前にこぼれ落ちた。それをゆっくりと拾ってから言った。

「監督、気持ちは、分かった。でも、やめとこ。やっぱりやめといた方がええわ」

「そ、そう、ですか……」

「監督、一つ言うてええか？」

「はい。なんでしょう？」

「俺は素人やけど、あんたは本物の映画監督やと思うわ」

「ありがとうございます」

俺たちはこれから撮影が行われるドヤに入っていった。

部屋に入ると刑務所の独居房を思い出した。テレビと布団と小さな机があるだけの部屋で、机の上には撮影のために用意された偽物のシャブが、大きなパケに入って小さな銀色のおぼんの中に収まっている。それは童話の小人の枕のような大きさで、もしこれが本物だったらどのぐらい稼げるのだろうかと、ついつい想像してしまう。そのおぼんの中には他に偽ハッパも一緒に用意されていて、リアルな売人セットが出来上がっている。トイレもシャワー室も部屋の中にはないようだ。角部屋なのか窓が二つあって開けてみると、一つは薄汚れたコンクリートの世界で、もう一つは下に表通りの車の流れが見えて、通りの向こう側には西成あいりんセンターが見える。この部屋は西成のドヤ街の中でも高級な方で、売人のアジトとしてはもってこいの場所に思えた。

「監督、俺はここに座っといたらええか？」あいりんセンターが見える窓を背にして、部屋の入口ドアを正面に見るようにして机の前に座った。

「はい。そうですね。クラさんの顔が映らないように、カメラや音声スタッフはクラさんの後ろ側にいるようにします」監督がドアの前に立って何かを測るようにしながら言った。

「了解。監督、いつでもええで」ポケットに入れていたシャブの入った茶封筒を、おぼんの中に放り投げ、さっきスタッフが机の上に置いていった水とポカリのペットボトルを見比べた。

「では、クラさん、よろしくお願いします。僕はここにシャブがあると知ってやってきます。そして売人のクラさんと初対面して、シャブをキメる」監督は自分に言い聞かせるようにして言って、さらに続けた。「クラさんの電話を一度鳴らします。下にいる立ちんぼからの電話です。それに出て頂いたら、しばらくして僕がやってきます」監督は難しい数学の問題を解いた後のような顔をして言ったが、その表情のどこかに恐怖感が隠れているような気がした。

「分かった。立ちんぼから客が来るっていう電話やね」ポケットから携帯電話を引っ張り出して机の上に置いた。

「はい、それが合図です。よろしくお願いします」監督は少し怯えたような目で俺の目を見て、軽く頷いてから部屋を出ていった。

その怯えたような目が気になった。本番を前にして怖くなってきたのだろうか。本物のシャブにしろ、ポカリにしろ、いずれにしても注射針を血管に刺して注入することになる。しかもその注射をするのが、つい先日出会ったばかりの元売人の俺なのだ。不安になって怖くなるのも無理はない。

人間は簡単にシャブ地獄に堕ちる

気がつくと、部屋はシーンと静まり返っていた。俺の後ろにいるはずのスタッフの気配は完全に消えている。おぼんに放り投げていた茶封筒を手に取り、中から注射器とシャブが入ったパケを取り出して机の上に置いた。その瞬間を見計らったかのように電話が鳴り出した。

「もしもし……」

「客があがります」

「おう」

「初めてや言うてます」

「……オッケー」

電話を切ってしばらくすると、ドアをノックする音が聞こえてきた。念のため注射器とシャブをおぼんに戻し、そのおぼんをカーテンの後ろに隠した。立ち上がってドアを開けると客が立っている。「どうぞ」と言って部屋に招いたが、その顔は完全に怯えきっていて、部屋に入ろうとしない。ここでモタモタしていると、他の宿泊客に見られて怪しまれてしまう。部屋の中にはシャブがあるし、面倒なことにはなりたくない。俺は客が持っている荷物を取り上げて、早く部屋に入るように促した。

部屋に入ってきた客は落ち着きがなく、挙動不審で、重そうな手荷物と一緒に精神的に何かを抱えているような感じがした。歳は三十前後で、おそらく日雇い労働者。髪はボサボサで身なりは薄汚れていて「僕は半年も経たないうちにホームレスになります」と、全身から滲み出たオーラがそう告げている。さっきの電話で初心者だと分かったが、本来なら初心者にシャブを売るようなことはしない。だが、最近金に詰まり出してきた俺は、少しでも金を稼ぐために客を選んではいられなかった。それにこの客がシャブにハマり、日雇いで稼いだ金をこまめにここに落としてくれることを期待した。

シャブの売人は、客のケツの毛までむしり取って、痩せ細って丸裸になるまで貪り喰う。その容赦のない生き様はジャングルのハイエナのようで、弱肉強食のこの世界で生き残るには当然のルールとなる。喰うか喰われるか、やるかやられるか、二つに一つ。そのどちらもが存在し続ける限り、シャブジャングルは永遠にこの世界からなくならない。これから喰いものにする客が、震えた手で缶ビールを手に取り、何かを吹っ切るようにして一気に喉に流し込んだ。

「一度やったらやめられなくなるんでしょうか？」初心者の客は不安を露わにした顔で、心配そうに聞いてきた。

「そやねぇ、ハマる人もおればハマらん人もおるな。こいつと上手く付き合う人もいてる。俺はこんなもんにハマらんけどね。結局、自分次第かな」ネタを放り込んだ注射器の針をペットボトルのキャップに入れた水につけ、その水を針で吸い込みながら答えた。

たったいま自分で吐いた言葉に説得力のかけらも見当たらない。言った当の本人が懲役帰りにもかかわらず、またシャブに手を染めている。深くハマらずに上手く付き合うことができればいいのだが、その保証はない。それは身をもって知っている。有り余る時間と金さえあれば、人は簡単にシャブ地獄へと堕ちていく。自分次第と言ったものの、シャブを喰うとその自分さえもどこか遠くへぶっ飛んでしまう。

俺は適当なことを言ってしまったことに、少しだけ後悔をした。けれども、嘘を言っている訳ではない。実際に警察に一度もパクられることなく上手くシャブと付き合い、時々食べる焼肉やステーキを楽しみにするように、人知れずシャブを喰っている者もいる。シャブに深くハマり重症のシャブ中になっていく者は、時間と金があり、あとは絶望感や虚無感が少しでもあればあっという間に完成してしまう。シャブのために時間をつくり、シャブのために金を工面し、シャブのために生きていく。シャブ中たちはさらにどん底に沈み込んでいく。

上手くシャブを使う連中は、ちゃんとした仕事に就いていて忙しく、あまり時間もない。自由に使える金もあまりなく、頻繁にシャブを手に入れることができない。そして何よりも、ごくたまに行われるイベントの感覚で、シャブは遊びだと心得ている。

しかしシャブの怖いところは、遊び感覚で喰っていたはずのシャブが、気がついた時には生きるために必要なシャブへと変わっているところだ。金と時間とシャブの狭間で、常にテンパって生きていく。こうなってくるとどこかで事件を起こし、警察にパクられることになる。その時が来るまで、シャブジャングルから抜け出すことはできない。シャブ中たちはその時がやってくるまでジャングルの中を彷徨い、弱肉強食の世界で明けても暮れてもシャブを求め戦い続ける。戦いに敗れたものは廃人になるか、自ら命を絶って死んでいく。

中には事件に巻き込まれて殺される者もいる。そんなたくさんのリスクを背負いながら生きることになるのに、シャブ中たちは我を忘れ、シャブという快楽に溺れていく。得るものは何もなく、失うものが増え、そこで気づいてジャングルから脱出を試みる者もいるが、成功する者はごくわずかで、ほとんどの者がまたジャングルの世界に戻ってくる。

ジャングルの入口に立ち、苦悩のようなものを抱え持った客の電話が鳴った。その電話を手に取り一瞬我に返った客は、そのすべてをぶっちぎるかのように鳴り止まぬ電話を無視した。もうどうしたらいいのか分からないといった様子で頭を抱え、髪を掴んで掻きむしり、顔を上げると、もうどうでもいい、どうにでもなれといった諦めに似た様子に移り変わっていた。

「どうする？　やめとくか？」ファイナルアンサーを求めるクイズ番組の司会者のように、客に選択権を与えてみた。

「いや、お願いします」客は弱々しい声で言った。

「上着、脱いだ方がええな」注射器の中身を混ぜるために、指で何度も注射器を弾きながら言った。客は怖いのか、興奮しているのか、呼吸を乱しながら薄汚れたジャンパーを脱いだ。

「腕まくって、右腕がええな」

注射器の中身を確認して、針を上に向け、ポンプを軽く押して空気だけを注射器から抜いた。すると客はちょっと待ってくださいと言って、慌ててカバンから小さなビデオカメラを取り出した。

「なにしてんのん、それ」急に出てきたカメラに驚いた。

「じつは、取材をしてまして」

「取材!? 何やそれ、なんか知らんけど、カメラはアカンぞ」

「顔は、顔は映らないようにしますから、お話を聞かせてください」

何者なんだ、こいつは。どこかで失敗でもして逃げるように西成に流れ着いてきた、ただの下手打ち野郎だと思っていたが、取材と聞いて少し怯んだ。しかしどこをどう見ても、取材記者のようには見えない。おそらく趣味の範囲から抜け出ることはないだろうと、俺は即座に判断した。

「顔は絶対に映すなよ。何や自分、俺が話を聞きたいわ」客の右腕をとって、肘の表側の血管を探しながら言った。

客は左手に持ったビデオカメラを、今から俺が注射器で狙う血管の側に近づけ、何かブツブツと言い始めた。よく聞くと「見とけよお前ら、見とけよぉお前ら」と呟いている。何なんだこいつは。誰に見とけよと言っているんだ。べつにどうでもいいが、なんか面倒なので早くシャブをぶち込んで、とっとと帰ってもらうことにした。

針がプツリと血管に命中すると、ゆっくりとポンプを引いて注射器の中に血を流し入れた。血が入ったことを確認すると、ゆっくりとポンプを押して中身を血管に流し込んでいく。急に入れると危ないので、ゆっくりポンプを押したり引いたりしながら中身を全部放り込んだ。しばらくして、うつむいていた客が顔を上げると、さっきまでの顔とはまるで違った別の顔があった。抱えていたものすべてが吹き飛んだ、清々しく、さっぱりしたような顔をしている。目は完全に瞳孔が開き、その目が俺を一直線に見つめてくる。その目が「なんですかこれ⁉ なんですかこれ⁉」と問いかけてくる。

「どうや、吹っ切れたか」注射器の掃除をしながら客に問いかけると、客は瞳孔が開いた目を剝き出しにして急に立ち上がり、俺に摑みかかってきた。

「おい！　何してんねん、キマりすぎやっ」客の腕を摑んで押し戻すと「チューして、チューして」と客は俺に迫ってきた。こいつ、ぶっ飛びすぎている。落ち着いてまず座るように諭して、なんとか客を座らせると、興奮はさらに高まり続けているのか、今度はその場に立ち上がって服を脱ぎ始め、全裸になってチンポをいじくり始めた。こいつは……狂っている……。俺は直ぐに服を着るようにと、本気で厳しく言って、ついでにトイレで手を洗ってくるように強く命令した。

このままじゃ未来が想像できない

監督が部屋に戻ってくると、小さなビデオカメラを回しながらいろんな質問をしてきた。俺はその質問にできるだけ正直に答え、自分の思いを語った。何を質問されて、何と答えたか、そのほとんどを覚えていない。俺の背後にいるはずのカメラマン、音声、アシスタントの気配は相変わらず一切せず、俺と監督は随分長い時間、刑務所の独居房のような部屋で気がすむまで語り合った。

夜明け前のまだ外が暗い中、向かい側のあいりんセンターのシャッターが音をたてて開きだした。その様子を部屋の窓から監督やスタッフたちと一緒に眺めた。

「キィーゴゴゴゴォー、キィーゴゴゴゴォー」

自動でゆっくりと地面から上にシャッターが開いていく。建物の中の光が路上に漏れ、まだ夜明け前の西成の街の暗闇を、少しずつ光が照らしていく。これから今日という新たな一日が始まる。ゆっくりと音をたてながら開くシャッターを見ていると、俺たちのこれからの未来が目の前で幕を開けていくような感じがする。その未来はどんな未来なのだろうか。

今の俺には幸せな未来は想像できない。このままじゃダメだ、ここにいてはダメだ、それは自分でも分かっている。欲に流されてどうすることもできず、楽を選んでダラダラと過ごしているうちに元の木阿弥となってしまう。もう刑務所は二度とごめんだ。もうこれ以上同じ過ちは繰り返さない。俺は解放区というジャングルのような楽園を抜け出し、本当の楽園を探す旅に出ようと、この時決めた。

エピローグ　再生

大阪にいてはダメだ

「もしもし、ネットのアルバイト情報を見て連絡させて頂きました。まだ募集はしてますでしょうか？」

「うん、してるよぉ〜」おっさんなのか、おばはんなのか、区別がつかない細く弱い声が返ってきた。

インターネットで離島のアルバイトを調べ、面倒な手続きの必要がない、待遇と電話番号だけが載っているところに根こそぎ電話をかけまくって数日、やっとまともな返事が聞けた。

「えっ！　募集してるんですね」驚きのあまり、もう一度聞いて確認をした。

「はい、やってますぅ～」

「そちらでバイトさせて頂きたいんですが……」

「いくつですか～？」

「はい。四十三です。飲食店の経験もありますし、接客には自信があります」

「う～ん、お酒は飲みますか～？」

少し考えた。出所して間もなく一年が経つが、酒は飲んでいない。飲むと答えた方が良いのか、飲まないと答えた方が良いのか、どちらが正解なのか分からないので、ここは正直に答えることにした。

「飲まないです。飲めるんですが、やめました」

「そう。できれば飲まない人がいいんです～、客の送迎で運転もお願いするので、あっ、免許はありますか～？」

「はい、あります」ホッとしながら答えた。飲まないと言って正解だった。

「いつ頃から来られそうですか～？」

「はい。大阪にいるんですが、いつでも、すぐにでも行けます」

「そうですか～、うちもすぐにでも来てもらいたいところなんで、履歴書どうしよっか

「あの、急ぎでしたらチケットを取って、すぐにそちらに向かいます。履歴書は持参します。どうでしょうか?」

「そだね〜、そうしよっか」

……送ってもらって……」

俺は電話を握りしめてガッツポーズをとった。これまで、メールで連絡のうえ履歴書を送付してくださいといったところや、派遣会社のページに飛んで登録してくださいといったところはすべてスルーしてきた。なぜかと言うと、俺の名前をネット検索にかけると“田代まさしの売人逮捕”という看板と一緒に逮捕時の俺の写真がババーンとヒットするからだ。漢字四文字のフルネームは、日本の社会からすれば何の信用もなく完全にブラックで、一発で元犯罪者とバレてしまう。出所後に一度、ネット検索にかけるために自分の名前を入力すると、名前の後に候補として、ヤクザ、売人、マフィア、と頼んでもいないのに出てきて心底ゾッとした。

逮捕時に刑事が「これでまともな仕事には就けないな」と言った言葉に間違いはなく、堂々と履歴書を出せない身分になってしまっていた。それを分かっていた俺は、募集情報に待遇と電話番号だけが掲載されている募集先を選んで電話をかけまくり、自分を売り込む作戦をとった。しかし、そのほとんどの返事が「募集は終わりました」か「まず履歴書を送ってください」だった。

「ありがとうございます！　頑張ります！」

こうして俺は仕事を手に入れ、南の島へと旅立つことが決まった。これで大阪から離れ、誰も俺のことを知らない場所で暮らすことができる。

映画「解放区」の撮影後、俺はそんな場所を探し始めた。

二十代の頃に世話になっていた建設会社で働いて金を貯め、まず挨拶回りに東京へ向かった。六本木で世話になった数少ない人たちと会い、迷惑をかけたことを詫びた。みんな冗談を言って笑って俺を迎えてくれた。

トキさんは相変わらずだった。俺がパクられたことで刑事に呼び出されたようだが、知らぬ存ぜぬで貫き通して大丈夫だったと言った。六本木でバーの仕事を教えてくれた師匠の店を手伝うと、馴染みの客たちが顔を出してくれた。みんな相変わらず元気そうで、当時と変わらぬ態度で俺に接してくれた。結局十日ほど東京に滞在したが、何の魅力も感じることができなかった。ここはもう俺の暮らす場所ではなかった。今回東京に行って分かったことは、俺のことを誰も知らないどこか遠くの地に行くべきだということ。それを手土産に大阪に帰った。大阪に帰ると、またシャブを求めて新今宮に買い物に行ってしまう。ハッパは仲間を当たればどこからでも手に入る。そんな生活から抜け出せずにいた。

フランス行きのチケットを手に入れ、ひとり旅に出た。ニームという街のヒップホップイベントに参加して踊りまくった。ニームはとても綺麗な街で世界にはこんな場所があるのかと感動した。人々は優しく、日本人の俺に対してとてもフレンドリーだった。一発でフランスを気に入り、どうにかここで暮らせないかと仕事を見つけるためにパリに向かった。日本料理店を見つけると飛び込みで働かせてくれとお願いしたが、そこには日本人は一人もいなかった。すべて中国人か韓国人で、カタコトの英語で軒並み断られた。結局、モロッコ産のハッシシをタバコに混ぜて散々吸って、フランスから大阪に帰ってきた。

和尚に会いに小倉に向かった。近くの山で大麦若葉を育て、青汁を作っている仲間の仕事を手伝ってアルバイトをした。山の中で土をいじり、植物を育てて収穫をする。自然の中で心地よく働きながら、俺の生きる場所を探し続けた。知人や仲間を頼っていてはダメだ。まったく誰も知らない、まったく俺のことを知らない、一度も訪れたことのないそんな場所に自ら飛び込んで行かないと俺自身は何も変わらない。またそんな場所を俺自身が求めていた。知人、友人、仲間を頼らず、裸一貫で自分の暮らしを自分で切り拓いていく。何もない場所だろうが、やりがいだけは山ほどあるはずだ。

南の楽園へと向かう

島に渡る定期船に乗ると、空の青と海の青が重なり合う狭間を、大きな鋏で切るように船は突っ走っていく。時々窓一面に水飛沫が跳ね上がってきて景色を一度洗い流し、また綺麗な青の世界が浮き上がってくる。その美しさに目を奪われ圧倒される。海と空の他には何もない。空に浮かんだ白い雲は、都会の雲とは違い軽々とゆっくり流れていく。照りつける太陽が海に反射してキラキラと眩しい。出所後すぐに世間の眩しさに耐えきれず、刑務所の報奨金で購入したレイバンのサングラスをかけた。これをかけると刑務所を思い出す。犯罪者しかいない場所で刑務官に怒鳴られながら作業をしていた日々を思うと、どこに行ってもやっていけるだろうと自然と力が湧いてくる。座席の下に置いたバッグの中には、Tシャツと短パンと下着が三日分、あとは本とノートとペンが入っているだけだ。携帯電話はフランスでなくしたっきりそのままで、面倒だし必要ないだろうと持たずにいた。

今までの交友関係と繋がるツールは何もない。それで良い。俺はこれから向かう南の島で、新しい自分の人生を切り拓く。

これから働くことになる居酒屋のマスターが、港まで迎えにきてくれていた。寮有り、十七時～二十二時ぐらいまで、配膳と送迎、賄い付き、月8万円。給料は安いが島暮らしに金はあまり必要ない。そもそも金を使うところがあまりない。島には大きなリゾートホテルが二軒あって、そこを訪れる観光客を相手に、カフェ、定食屋、居酒屋などが十軒ほどある。大型スーパーやコンビニはなく、集落内に小さな商店が一軒あるだけで、郵便局、診療所、駐在所、小中学校があって、島の人口は六百人弱しかいない。俺はそんな島で生きていくことになる。居酒屋の仕事に慣れてくれれば、昼間も働くことができる。なんとかやっていけるだろうと考えていた。

店は座敷でテーブルが十席、毎日ホテルからの予約の客で満席になる。お迎えの時間を合わせて一気にお客様を店に入れ、お任せ料理の六品を順番に出していく。客たちはだいたい同じタイミングでお会計をしていく。会計が終わると一気にホテルまで送る。そして二回転目のお客様を迎える。店は毎日大忙しで、俺とマスターは息つく暇もなく動き回る。

もずくの佃煮、近海の魚のカルパッチョ、アダンのちゃんぷる、ラフテー、月桃の葉で包んで蒸したシュウマイ、ジューシー、どれもがとても美味しい。

単品でシャコ貝の注文が入ると、籠に入れて港の側の海に沈めてあるシャコ貝を、車を走らせて採りに行く。何度も車を走らせて取りに行くのが面倒なので、一つ注文が入ると「今からシャコ貝を採りに行きます。いかがですか〜」と注文を募る。客たちは驚いて「えっ！　今から潜って採ってくるんですか？」と喰いついてくる。冗談を言っていると、まとめてシャコ貝の注文が入る。シャコ貝は大きい物だと、ラグビーボールぐらいある。身はヒモ、キモ、貝柱とあって三色の味が楽しめる。なかなか本土では食べられない大きな貝なので、注文する客が多い。

店から車に乗って五分で港に到着する。タバコに火を付けて空を見上げると、真っ暗な夜空に大宇宙が広がっている。月が見えない新月の夜に見える星の数は驚くほどに多く、本土で見る星よりも近いように感じる。宇宙の中の地球という星の日本という国の端くれに立ち、光り輝く星空を眺めていると、何もかもがちっぽけに思えてくる。大宇宙に広がる星の数は、地球上にある砂の数よりも多いと聞いたことがある。今見えている星の数は、港の側の砂浜の砂を手で一掴みしたぐらいだろうか。自分がここに存在していること自体が不思議に感じ、自分は一体何なんだろうと考えてしまう。今、夜空に輝いている星の輝きは何万年も前の光。そう考えると、人間の一生なんて本当にあっという間にすぎない。

この楽園で生活をしていると俗物に囚われず、大自然の中で素朴に生きることができる。何もないということが本当に素晴らしいと感じられる。何もないというのは俗物がないということで、あるものは他にたくさんある。綺麗な海、生き生きとした植物、広い空、暖かく住みやすい気候、ゆっくりと流れる時間、言い出すときりがない。ペタペタと歩いて行くと、エメラルドグリーンにきらめく海が地球の丸さを教えてくれる。そこに頭から飛び込み、汚れきった身を清める。毎日同じことを繰り返していくうちに、少しずつ島に馴染んでくる。畑の手入れをしているおばあが話しかけてくる。商店の人と立ち話をする。車に乗せてくれる人がいる。

そうこうしているうちに、昼間の仕事が見つかった。

二人の運命の人

Tシャツにサンダルを履いて桟橋に立っていると、定期船がゆっくりと港に入ってくる。首に巻いていた手ぬぐいを頭に巻きつけ、軽く体を伸ばして準備運動を開始する。これから大量にある荷物を船から降ろすのだ。船員が甲板からフルスイングで投げてきた先が輪になったロープを受け取り、石原裕次郎が足をかけると様になりそうなビットにそのロープをかける。船がゆっくりと桟橋に接岸すると、ロープが軋んでギシギシと音を鳴らす。始まりの合図だ。船の後部デッキに乗り込み、ダンボールの箱に入った荷物や冷凍冷蔵の特大ボックスを降ろす。船員たちは顔馴染みになっていて、冗談を言いながら荷降ろしを手伝ってくれる。降ろした荷物を台車に積んで、港ターミナルの前に止めた貨物車に積み込んでいく。

船に乗ってやってきた観光客が騒ぎながらターミナルへと入っていく。そんな光景を横目に見ながら荷物を積み込む。観光客は美しい景色に声をあげ、スマホをかざして写真を撮りまくっている。みんなカラフルな色の服を着て、涼しげに通り過ぎる。俺は観光客の人たちとは違う。この島で生活をするためにやってきた移住者だ。島の上辺だけを見て帰っていく者たちとは違う。滴る汗が足元を濡らす。リゾートホテルのビーチでパラソルの下、ロッキングチェアをちょうどいい角度に倒して、トロピカルカクテルを飲んで寛いでいる暇はない。全部の荷物を積み込むと汗を拭い、パンパンに詰まった貨物車をホテルに向けて走らせた。

ホテルへの荷物を運び入れると港ターミナルに戻って、定期船の乗船チケットカウンターの仕事につく。チケットを売り、チケットをもぎり、定期船が港に入ってくると大声で乗船案内をする。船から降りてきた島民を送迎車に乗せて送る。島民たちは定期船に乗って三十分で着く島で、買い出しや用事を済ませて帰ってくる。チケット購入者は送迎付きになっていて、高齢の島民の方やホテルスタッフなどが利用している。車やバイクを持っている者は自分で港まで来られるが、持っていない高齢者やホテルスタッフなどは送迎車がとても役に立つ。

島のおじいやおばあを乗せて世間話をしているだけでのんびりと癒される。天気の話、風の話、海の話、さとうきびの話、島で採れる野菜や魚の話、ためになる話を聞かせてくれる。ホテルスタッフたちは若い者が多い。派遣会社を通してリゾートバイトでやってくる者や、同系列のホテルから出向してきた者たちが季節ごとに入れ代わり立ち代わりやってくる。時々送迎車に可愛い娘が乗ってくるとテンションが上がる。小さな島で暮らしていると皆すぐに顔見知りになる。

島暮らしに慣れてくると、愛する妻が側にいて子供たちが走り回っている、そんな家族があるという生活も良いなと思えてくる。離婚後、都会暮らしの中では一ミリも考えも思いもしなかったことを、美しい大自然いっぱいの島で暮らしていると漠然と自然に思い描き始める。そんな頃に、運命の人と出会った。

港ターミナルのチケットカウンターに座っていると、船を待つ人たちのための座席に一人の女性が座っている。髪はロングで綺麗にウエーブがかかっていて、薄いシャツにダメージの効いたホットパンツを穿いている。組まれた脚は美しく、爪先に引っ掛けたサンダルが時折揺れている。ターミナルの大きな窓から見える島の夏の青空をバックにした女性は、どこかのリゾートホテルに飾られている大きな一枚の絵のように見える。気になってチラチラと何度も見ていると、その女性と目が合った。その目に俺はどんな風に映っているのだろうか。短パンにTシャツ、伸びた髪を縛りつけるように頭に手ぬぐいを巻いて、真っ黒に日焼けした髭面を曝け出している。一般的に見て、小汚い。しかし見方によれば、ワイルドでカッコいい。俺は後者に映っているように期待した。

後日、ホテルスタッフを送迎するためにホテルに行くと、例の女性が立っていた。ターミナルにいた女性は、最近島にやってきたホテルスタッフだったのだ。俺の熱視線で想いが通じたのか、神様が味方についてくれたのか、この偶然の再会を確実に必然と感じた俺は、ハンドルを叩いて心の中で喜んだ。送迎車を止めてドアを開けると、彼女は静かに後部座席に座った。他に乗ってくる者は誰もいない。俺はこの巡り合わせに感謝した。

「おはようございます。あまり見かけないけど、最近島に来たんですか？」

「はい。まだ来たてなんで何も分からないんです」

「あれっ！　関西弁ですね～、僕、大阪出身なんですよ」

「えっ！　そうなんですか。私は兵庫です」

「へ～、近いですね。最近、お好み焼きが食べたくなってしょうがないです」

「私は食べてから来たのでまだ大丈夫です」

彼女が笑うのを初めて見た。バックミラーに映ったその笑顔を見て、この人を必ず嫁にすると心に決めた。

「まだ来たてやったら島の居酒屋さんとか行ってないでしょ」

「はい。スタッフたちがよく行ってるみたいなんですけど、私はまだ行ってなくて……」

「それやったら今度一緒に行きましょう。僕、夜は居酒屋で働いてて、まだ他の店知らないんですよ」

「島料理食べたいです。ゴーヤチャンプルー好きなんですよ」

「行きましょ、行きましょ。僕、日曜日休みなんで日曜の夜に行きましょ」

「え〜っ、でもまだ仕事慣れてないんで慣れてからの方がいいかな〜」

「大丈夫、大丈夫。ゴーヤチャンプルー食べたら仕事なんかすぐに慣れるらしいよ！」

「はははは、適当ですね〜」

「はい。適当がモットーです。電話するから電話番号教えといてください」

港まで向かう送迎車の中で、二人っきりで話をすることができた。どうしても仕事に必要だということで、携帯電話を持ち始めたところだった。すべてが成るべくして成っているように思える。最果ての島で出会うべくして出会ったように感じる。神々が住む島に導かれるようにやってきた二人。これから何かが始まっていく。俺の直感は当たる。そして俺はその直感を信じている。携帯に新しい連絡先を登録する仕方が分からない俺は、メモ用紙に彼女が言った名前と電話番号を書き留めて、短パンのポケットの奥の方に大事にしまいこんだ。

島料理を出す居酒屋さんに、彼女は涼しげな黒のミニのワンピースで現れた。仕事を終えて急いで用意をして来たというが、その姿はとても綺麗にまとまっていて、ホテルのディナーにでも誘えばよかったと少し後悔した。島に来てからこの時を待っていたかのように酒を飲み始めていた俺は、彼女と一緒にビールや泡盛を飲んでいろんな話をした。どういう経緯でこの島に来たのか、なぜこの島だったのか、これまで何をしてきたのか。俺は薬物の話や逮捕や刑務所といった経歴は話さず、それ以外の話をした。彼女もいろんな話をしてくれた。俺たちは理解し合い、分かり合うまでとことん語り合った。珍しい泡盛の古酒を飲みだした頃には、俺は彼女を求め始めていた。

仲良くなった俺と彼女は毎日連絡をとるようになった。俺が仕事を終えると電話をする。彼女はその電話をいつも待ってくれていた。しかし急に連絡がとれなくなった。俺は何かあったのかと心配したが、三日後に連絡がとれるようになって安心した。彼女は少し体調が悪かったと言った。俺の中で一つ気になっていることがあった。それはこれから先、彼女と本気で付き合っていくのなら、俺の黒い経歴も話さなければならない。いつかは知れてしまうだろう。その時になってそれまでの関係が一瞬にして崩れてしまうことを恐れていた。そのことがあって俺は、彼女との付き合いを前に進めることに躊躇していた。ある日彼女が部屋に遊びに来た時に、俺は思い切って黒い過去の経歴を話すことにした。

「あんなぁ、俺、実は、あれやねん、去年、刑務所から出てきてん」

「あ〜、それね。知ってるよ」

「へ？」

「知ってる」

「なんで？」

「名前検索したらズラーッと出てきた」

「検索したんや……」

「この人なんかあるなぁと思ったから」

「そうか……」

「この前、私電話とらへんかったやん。そのショックのせい」

「そうなん……」

「でも、もうそんなんどうでもいいねん」

「へ？」

「もう消化したから。もう二度とそんなことしない人やと思うから。信じてるから」

俺は彼女のこの言葉で、真っ黒に汚れきった過去を一気に洗い流すことができた。愛する人がいる。愛してくれる人がいる。信じる人がいる。信じてくれる人がいる。一生大事にしなければいけない守る人ができた。その喜びに目が潤んできた。

部屋の窓から外の景色を眺めると、牧草の緑の上に青い海が重なり、その海が空との境界線まで広がっている。海の青より薄い色をした澄んだ空が、そのすべてを包み込んでいる。子供たちは景色の緑の部分を行ったり来たりと走り回り、楽しそうに遊んでいる。キッチンでは妻が料理をしていて、包丁がまな板を叩く音が響いている。トントントントントン、トントントントン、過去から現在、現在から未来へと時を刻んでいく。止まっているような景色の中で走り回る子供たちと、トントントントンという音だけが未来に向けて進行している。俺はこんなひと時が大好きだ。さっきからそんな世界に入り込むことができず、ずっと無視されていたテレビが急に存在を露わにした。

「覚醒剤所持の現行犯で五度目の逮捕となった元タレントの田代まさし容疑者……」

アナウンサーの声を聞いて咄嗟にテレビを見ると、間違いなく田代まさしが逮捕されたと報道されている。「またか……」と言った言葉は声にならず、心から脳に回って過去の記憶を呼び覚ましていく。

あの時、俺と田代さんは握手をして一瞬だけ二人の人生が交差した。握手をする俺の手の中にはマリファナが握られていて、それを田代さんに手渡した。あの日から始まって俺は逮捕された。

逮捕から九年が経った今、俺は南の島の楽園で、家族と暮らしている。あの日、マリファナを握って田代さんと握手をしていなければ、今の俺はなかっただろう。ひょっとすると、まだどこかで売人をしていたかもしれないし、どこかで野垂れ死んでいたかもしれない。

無邪気に走り回っている子供たちの声が聞こえてくる。俺は立ち上がって部屋の外に出て、子供たちの方に向かって走った。

あとがき

僕は南の島のいつもの場所にいる。

いつもの場所というのは、丘の上にある海が見える静かなところで、約一年の間にたびたび来ては、海を眺めたりしながらスマホに文字を打ちこんだ。その文字は、文章となり、『薬物売人』という物語となった。

そもそもなぜこのようなものを書こうと思ったのか。それは映画「解放区」の太田信吾監督に、話すだけでは伝わらないものを伝えたかったということと、黒い過去の記憶を吐き出し、もう二度とあの場所には戻らないと改めて誓うためだった。

書き進めていく作業の中、僕は当時のその場所に戻り、再び同じ体験をしているかのような錯覚に何度も陥った。仲間たちや周りにいた人たちを思い出し、当時の環境や風景がリアルに蘇ってきてはスマホに文字を打ちこんだ。時にはドキドキし、ハラハラし、そして反省し、後悔をした。その作業は全体的には楽しく、とても貴重な体験ができたように思う。

事件から十一年が経った今、暖かで穏やかな南の島で過去を冷静に振り返り、清算しながら編集者から送られてきた初校ゲラを読んでいる。もし現在も事件前と同じような生活を繰り返しているなら、確実にこのようなものは書けなかっただろうし、気持ち良く読むことはできなかっただろう。

今いる場所は、事件当時とはまったく違い、あの頃と比べると異次元の世界にいるような感覚がする。そんな世界で僕は元気に生きている。そして妻と二人の娘と一緒に幸せに暮らしている。もちろん薬物は一切使用していない。酒も飲まない。風邪薬さえ飲まない。豆を挽いてゆっくりとコーヒーを淹れて飲み、巻きタバコを吸い、時々ダークチョコレートを食べて充分に満足している。質素に自然の中で心豊かに過ごすことができている。

原稿は二〇一九年夏から書き始め、二〇二〇年夏に書き終えた。途中で太田氏に原稿を読んでいただき、映画配給会社のプロデューサーの手に渡り、そこから出版社の編集者へと繋がっていった。太田氏に原稿を見せた十日後には編集者と直接メールのやり取りをしていた。トントン拍子で「本にしましょう」という話になって、僕は正直驚いた。同時に複雑な気持ちになっていった。本になることは喜ばしいが、過去の出来事を掘り返して世に知らしめることになる。それでいいのだろうか。このようなものが本になっていいのだろうか……と、しばらく逡巡した。しかし次の瞬間には、本にしたいと言ってくれている人がいる。読んでくれる僕の知らない人々がいる。何かを思って何かを感じてくれる人たちがいる。純粋に面白かったと言ってくれる人がどれくらいいるのだろうかと、とても興味が湧いてきた。

僕はまた未知の世界に足を踏み入れようとしている。そして僕はいつものようにとても大胆になっていく。これからどうなっていくのか今の僕には分からないが、常に良いイメージを描き続けて前を向いて歩んで行きたい。

最後までこの本を読んでくださった皆様、本当にありがとうございます。そしてこの本を制作するにあたり携わってくれた方々、最初の段階で原稿を読み、「ぜひ本にしましょう」と言って、編集を手掛けてくださった幻冬舎の竹村さんには多大なる感謝をしています。

そして、こんな僕をいつも許してくれた父と母、一緒に育った弟、いつも側にいてくれる妻と二人の娘たち、大事な仲間たちに感謝の気持ちを伝えて締めくくりたい。

「ほんまにありがとう！」

二〇二一年三月十四日

倉垣弘志

著者略歴

倉垣弘志
くらがきこうじ

一九七一年大阪府に生まれる。
中学校入学後から街の不良となり、何度も警察に補導される。
工業高校に入学すると、週末はバイクでの集団暴走を繰り返す。
卒業後、飲食店に勤め、バブル期の繁華街で金を稼ぐことを覚える。
同時期に音楽、ダンスに興味を持ち、没頭していく。
主にブラックミュージック、ストリートダンスに心酔し、
この頃からマリファナ、覚醒剤、LSDなどを使用する。
二〇一〇年、田代まさし氏に覚醒剤を譲渡したとして、逮捕。
懲役三年の実刑判決を受ける。
二〇一五年、八重山の離島に単身移住。

幻冬舎新書 620

薬物売人

二〇二一年五月二十五日　第一刷発行

著者　倉垣弘志
発行人　志儀保博
編集人　小木田順子
編集者　竹村優子

発行所　株式会社　幻冬舎
〒一五一-〇〇五一　東京都渋谷区千駄ヶ谷四-九-七
電話　〇三-五四一一-六二一一(編集)
〇三-五四一一-六二二二(営業)
振替　〇〇一二〇-八-七六七六四三

ブックデザイン　鈴木成一デザイン室
印刷・製本所　株式会社　光邦

JASRAC 出 2102942-101

Printed in Japan　ISBN978-4-344-98622-0 C0295
く-11-1

幻冬舎ホームページアドレス https://www.gentosha.co.jp/
＊この本に関するご意見・ご感想をメールでお寄せいただく場合は、comment@gentosha.co.jp まで。

幻冬舎新書

手塚マキ
新宿・歌舞伎町
人はなぜ〈夜の街〉を求めるのか

アジア最大の歓楽街、歌舞伎町。コロナ禍で攻撃されたが、この街ほど懐の深い場所はない。カリスマホスト、経営者として23年間歌舞伎町で生きる著者が〈人間をすべて飲み込む街〉を描く。

長吉秀夫
大麻入門

戦後、GHQ主導による新憲法で初めて規制された大麻は、遥か太古から、衣食住はもちろん医療や建築、神事など、日本人の生活になくてはならないものだった。なぜ、大麻は禁止されたのか？

斉藤章佳
セックス依存症

セックス依存症は性欲だけの問題ではない。脳の機能不全に加え、支配欲や承認欲求、過去の性被害、「男らしさの呪い」などが深く関わっているのだ。依存症の専門家がその実態と背景に迫る。

中村淳彦
ルポ 中年童貞

性交渉未経験の男性が増えている。30歳以上未婚男性の4人に1人が童貞。この割合はここ20年間上昇を続けている。性にまつわる取材を続ける著者がえぐる日本社会の不健全さ。衝撃のルポルタージュ。